克服重重困難，抵達了卡帕魯山後，儘管寶藏被索倫多・隆[illegible]奪走了，但是他們也取得藥物所需的材料，回到村子裡。
材料都找到了，請博士加快腳步，趕緊把藥製作出來。
沙啦沙啦沙啦
然而，製好的藥……
儘管有效，卻實在太苦了，孩子們一吃就吐出來。
噗咳
啊，我有妙點子啦。
咳咯
嘔噗！
呸呸呵
噁耶
為了使很苦的藥變得容易入口，讓孩子有辦法吃進去，佐羅力決定要再次奮力一搏。

作者的小小期盼

• 這個故事是《大、大、大、大冒險！（上集）》的續集。
儘管作者創作時，已經努力讓讀者只要讀了故事提要，
便能夠興致盎然的進入此書情節，
但作者更衷心推薦大家能夠先閱讀完上集，
如此一來，讀起這個故事應該會更有趣喔。 原裕

● 染病的孩子全被安置在體育館裡休息，等待著救命藥送過來。

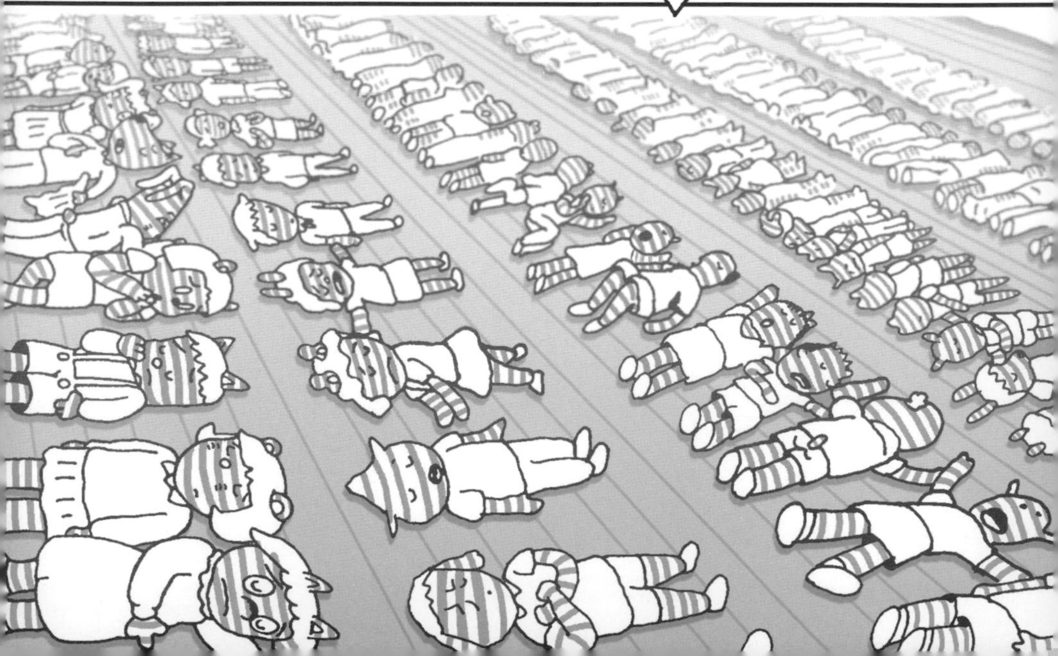

怪傑佐羅力之大、大、大、大冒險！〈下集〉

文·圖 **原裕**　譯 周姚萍

「本大爺認識糖果公司的董事長。我打算拜託董事長，讓我們在他的工廠裡，將這些很苦的藥，巧妙的和甜甜的巧克力混合在一起，這樣，藥就會變好吃了。」

聽佐羅力這麼一說，阿麗伍絲的眼睛閃閃發亮。

「佐羅力先生，這真是個絕妙的點子耶。」

「喔，要是能讓苦藥變得好吃，

那真是太謝天謝地了。大家快點做準備吧。嘿，阿麗伍絲，來幫我將藥粉裝滿罐子吧。」

馬洛博士和阿麗伍絲一走開，原本在一旁朝著四處東張西望的熊妞，便走了過來。

她就是佐羅力他們要前往卡帕魯山時，哭著不肯與魯庫多分開的女孩。

魯庫多現在正在幫我調查一些事情，很快就會回來，請你不必擔心。
你好像真的很喜歡魯庫多耶。
對啊，那還用說嗎……
接下來的旅程，我也會帶魯庫多一起去。這下子，又要惹得你哇哇大哭了。
不會的，我不會哭的。因為有阿麗伍絲和佐羅力先生一起去，我絕對、絕對會很放心的讓魯庫多跟你們出門。

喔，你和阿麗伍絲的交情看起來不錯喔。
嗯，她是一個很親切溫柔的人。可以的話，我希望她是我的姊姊。
佐羅力聽到這些話後……
嘻嘻呵呵，這樣的話，將來本大爺真的就註定要被叫做姊夫了。
？
嘻嘻
嘻嘻
呵呵
呵呵
便在心中這樣嘟噥著。
佐羅力已經悄悄決定，
順利完成這個任務後，
就要向阿麗伍絲求婚。
這時……

魯庫多開著一輛破車回來了。

「佐羅力先生，我查清楚了，噗嚕嚕巧克力工廠就位在這裡。」

他攤開地圖，指尖所指之處，是沙漠的正中央。

「馬洛博士說，只要在明天傍晚以前能順利讓孩子們吃下藥，

咻咻
噗咻
這輛車已經破舊成這樣還能開嗎？

就不會有人因為這謎樣的
怪病而成為犧牲者。
我想開車過去，
村子裡只有這輛車，
應該還勉強趕得及回來。」
「好，那我來通知噗嚕嚕董事長，
說我們即將前往他的巧克力工廠。」
佐羅力領著伊豬豬和
魯豬豬跑去打電話。

在雪國的巧克力工廠消失了，這回是蓋在沙漠裡耶。

請閱讀
《怪傑佐羅力之勇闖巧克力城》

伊豬豬不放心的問：

「我說佐羅力大師啊，噗嚕嚕董事長把我們當成眼中釘耶，怎麼會幫忙呢……」

「他當然不會幫忙。」

佐羅力若無其事的回答，接著便捏住鼻子，打電話給噗嚕嚕。

啊，請問是噗嚕嚕董事長嗎？
我們這期雜誌希望製作大篇幅的專題報導，
來介紹貴公司美味的巧克力。是的，
如果能承蒙您的協助，願意接受我們採訪的話，

貴社的巧克力將在雜誌的彩色頁上，
獲得最具爆發性的強力宣傳效果。
嗯，您方便的話，我們的記者與
攝影人員將於明天早上造訪，
到時候請多多指教——

佐羅力一邊點頭鞠躬，一邊掛上話筒。

「這樣就沒問題了……。」

他露出賊賊的笑容，向伊豬豬和魯豬豬
小小聲的透露了他的計畫。

而這時——

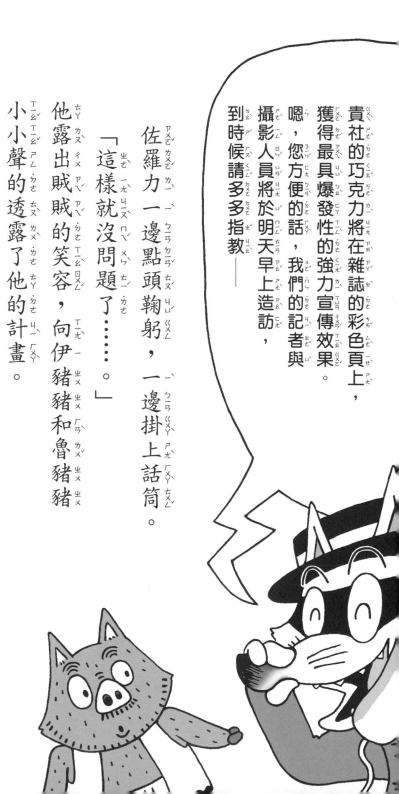

噗嚕嚕糖果公司的董事長室裡，

「摳噗嚕，你聽到了沒？我們公司的巧克力太美味了，總算有雜誌要來製作專題報導啦。」

他完全不知道剛剛的電話是佐羅力打來的，所以心情非常愉快。

「接下來，我們將推出『噗嚕嚕彈珠汽水糖』，以及『魔力噗嚕嚕巧克力』，這個採訪來得真是時候呀，董事長。」

「接下來，就是借助大眾傳播的力量，以不花錢的方式達到宣傳效果的時候啦。我們又怎麼能不好好的善加利用呢？是不是啊？摳噗嚕。」

「董事長您說的是——」

由於採訪時間為明天早上，為了讓工廠看起來更加整潔，噗嚕嚕董事長親自拿起抹布擦拭機器，撿拾蒐集地上的碎巧克力，幹勁十足的忙碌著。

而佐羅力他們這邊，
也一步步做好準備工作。
出發前，馬洛博士對他們
進行了詳盡的說明。

●由於用瓶子裝藥，
攜帶起來很危險，
因此改為將藥
放進背包中。

●孩子們所
需要的藥量，
裝滿三個背包
就已經十分的
足夠了，
但考量到
也許會發生意外，
所以請五個人
都各自背
一個背包。

啊！接著，請所有的人都喝下杯子裡的藥。
什麼？

儘管這個怪病被認為只會傳染給小孩，但任何一位成人也可能像伊豬豬一樣，不小心染上這個條紋怪病。為求小心謹慎，請離開村子的人一定要吃下這藥，避免疾病在村子外頭擴散開來。
哇嘔——
好苦啊，苦到我全身都抖個不停啦。
嗚嘔～
大家都是大人，應該是吞得下去啦。
伊豬豬，你能吃下這個藥，真的是非常了不起耶。
嗚噗——
這對大人來說也苦不堪言啊。一定要讓它變得好吃才行。
你沒事吧？
準備工作都已經一一完成，大夥兒走出體育館，打算去搭那輛破車時，卻看到——

外頭竟然停著一輛豪華的四驅車。
四驅車
指引擎可驅動四個輪子的汽車，即使是崎嶇的路面，也能一路順暢的往前行。
嗚哇，博士，村子裡有這麼棒的車子嗎？
原本的那輛車子呢……
喔耶——有了這輛車，荒野、沙漠又算得了什麼呢？而且，它還有衛星導航耶。
好，博士，就交給我們了。我們會非常從容的在明天傍晚以前回到村子的！
那個……這個……
好，上車、上車。

佐羅力不給馬洛博士說明的機會，就要阿麗伍絲坐上副駕駛座，並將魯庫多和伊豬豬、魯豬豬推進了後車廂，

然後發動引擎出發前往目的地。

「要平安無事的回來呵。」

當博士還呆呆的站在那裡時，他的背後出現了——

索倫多・隆呀！

「你連四輪驅動車都出借給我們，實在是衷心感謝哪。但是，為什麼您要對我們這麼好呢？」

馬洛博士提出疑問。

「啊，是因為那個叫佐羅力的男人，和過去才剛呱呱墜地就與我分開的兒子長得

有點像，所以我就不由自主的想幫助他。」

「喔，我們這個小小的村落，能同時得到兩位這麼優秀的人大力協助，一定是上天的安排。你們絕對是父子啊。」

「但願如此……。」

索倫多・隆小小聲的嘟噥著。

佐羅力他們，一心想著要盡早治癒孩子們，因此在黑漆漆的道路上，一分鐘也不停歇的往前奔馳而去。

這種程度的小河，又算得了什麼呢？
佐羅力先生的駕駛技術實在很可靠。
終於，四驅車要開進噗嚕嚕工廠所在的沙漠了。

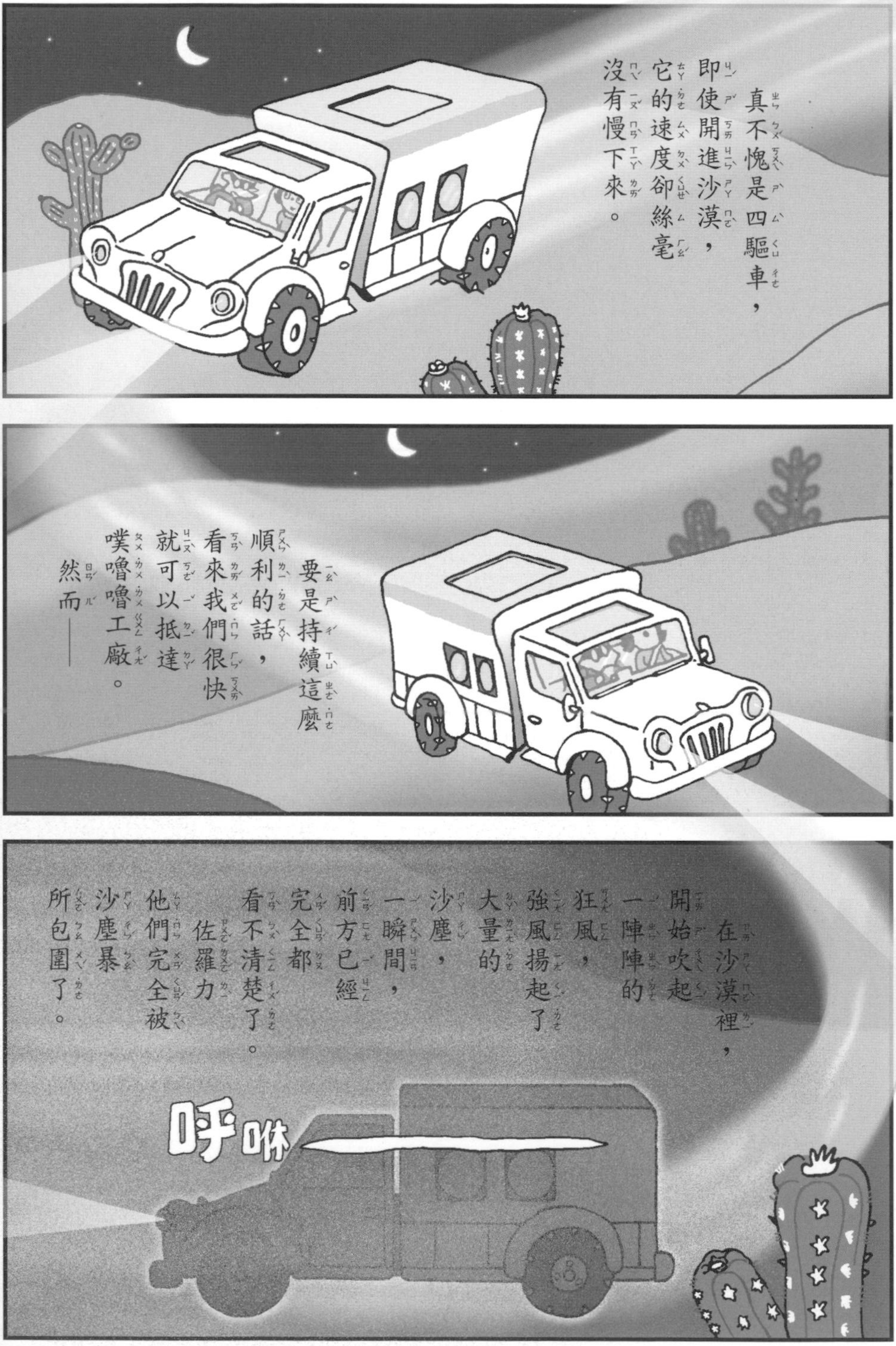
真不愧是四驅車，
即使開進沙漠，
它的速度卻絲毫
沒有慢下來。
要是持續這麼
順利的話，
看來我們很快
就可以抵達
噗嚕嚕工廠。
然而——
在沙漠裡，
開始吹起
一陣陣的
狂風，
強風揚起了
大量的
沙塵，
一瞬間，
前方已經
完全都
看不清楚了。
佐羅力
他們完全被
沙塵暴
所包圍了。
呼咻

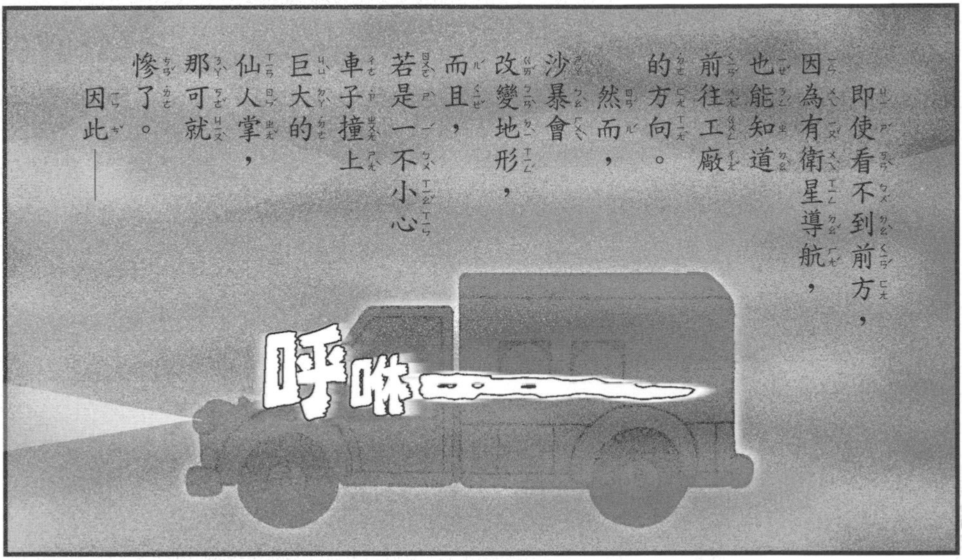
即使看不到前方，
因為有衛星導航，
也能知道
前往工廠
的方向。
然而，
沙暴會
改變地形，
而且，
若是一不小心
車子撞上
巨大的
仙人掌，
那可就
慘了。
因此——
呼咻——

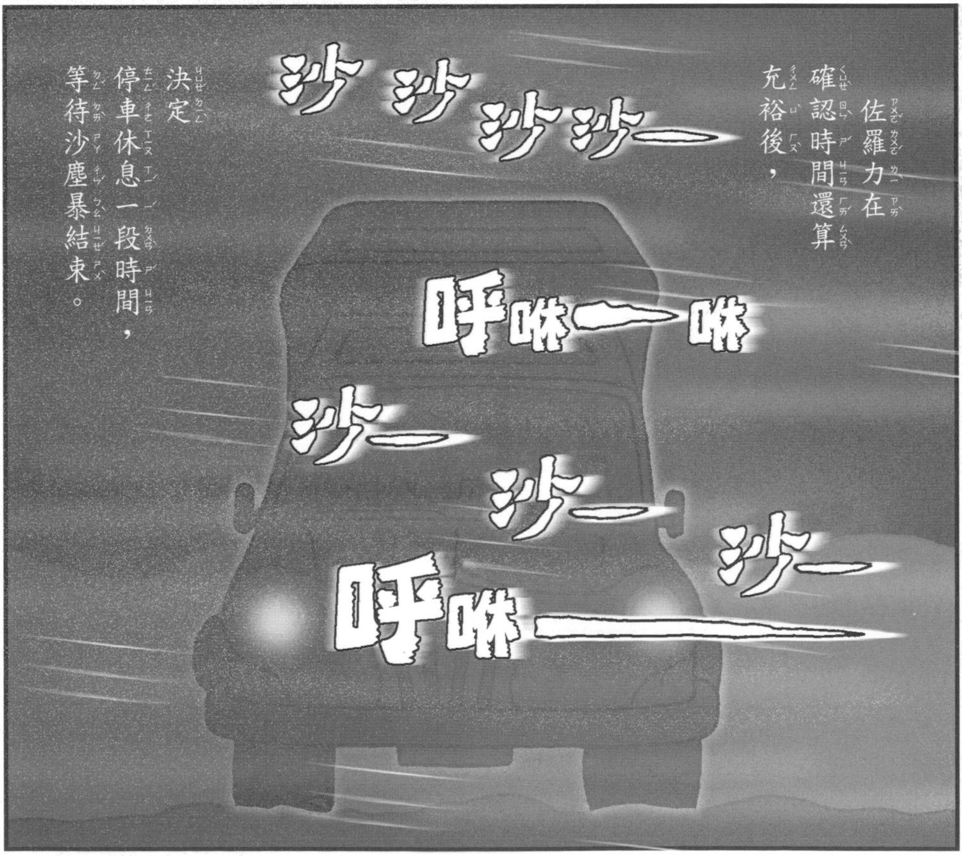
佐羅力在
確認時間還算
充裕後，
決定
停車休息一段時間，
等待沙塵暴結束。
沙 沙 沙 沙—
呼咻—咻
沙—
沙—
沙—
呼咻——

堅固的四驅車，儘管沙暴劇烈的吹襲著，車內卻出奇的安靜。四驅車的後車廂裡——
① 魯庫多，你是不是喜歡她？
嗯！
② 你怎麼會知道呢？
③ 早就露餡了啦。
④ 真、真的嗎？我實在對自己好沒自信，所以都沒勇氣跟她求婚……。
⑤ 你在說什麼呀？她自己都說了「我好喜歡魯庫多。」
⑥ 佐羅力大師打算趁著帶回好入口易吃的解藥之後，向喜歡的人告白呵。單刀直入的所以魯庫多也一定要加油。
這時——
⑦ 哇，佐羅力先生真不愧是個鐵錚錚的男子漢哪。好——回村子後，我也要讓大家看到我的決心。

佐羅力為了讓阿麗伍絲臣服在自己的魅力下，因此熱切的對她說起自己到目前為止所經歷過的眾多冒險故事，包含過程中他是如何克服困難、掙脫危險。

阿麗伍絲的眼中投射出崇拜的光芒，很專心的聽著且沉醉其中。

過了好一陣子，外頭透出了光亮。

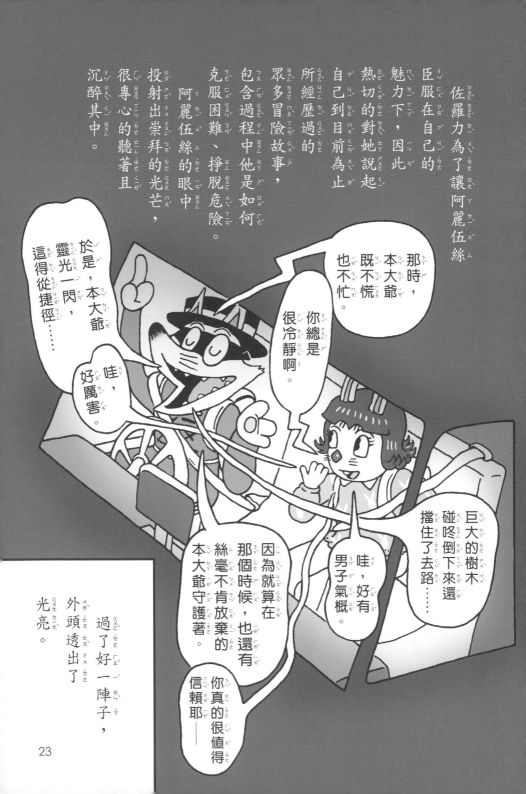

沙暴已經遠離了，
太陽也露出臉來。
矗立在不遠處的，
不正是那間
噗嚕嚕工廠嗎？
佐羅力繼續
嘗試著要
發動四驅車的
引擎，

還好沙暴沒有吹襲太久啊。

但是有半個車體都埋在沙子裡的四驅車，幾乎是整個動彈不得。五個人只好爬出車外，想辦法把車子挖出來。

然而，不管怎麼挖、怎麼掘，
沙子總是嘩啦啦的
再次崩落，
掩蓋住了
四驅車。

儘管靠著走路也能
抵達噗嚕嚕工廠，
但是不開車的話，
就不可能趕在
傍晚之前，
將好入口的
藥送回村子裡了。
就在無計可施
的時候，

太陽已經高高升起，
氣溫也突然飆高。
雖然沙漠只是
給大家考驗的開始而已，

BURURU
呼——好熱喔！
要是能下點雨，那就真的
太謝天謝地了——

伊豬豬卻
已經全身發熱。
不一會兒——

雷老頭突然搭著雨雲現身，為伊豬豬降下甘霖。

「喂，停停停，這樣會把背包中的藥粉淋溼的。」佐羅力急忙制止。

「唉呀呀，雷老頭，你好心想幫忙，卻反而愈幫愈忙。不過，我說佐羅力大師啊，

你們怎麼會在這裡呢？」
原來，妖怪學校的老師
也一起搭著雨雲來了。
他聽完佐羅力講了前因後果，便說：
「這還真令人頭痛呢。
雷老頭，為了替剛剛的事情賠不是，
請你助佐羅力大師一臂之力吧。」
「我知道該怎麼做。」
於是，雷老頭——

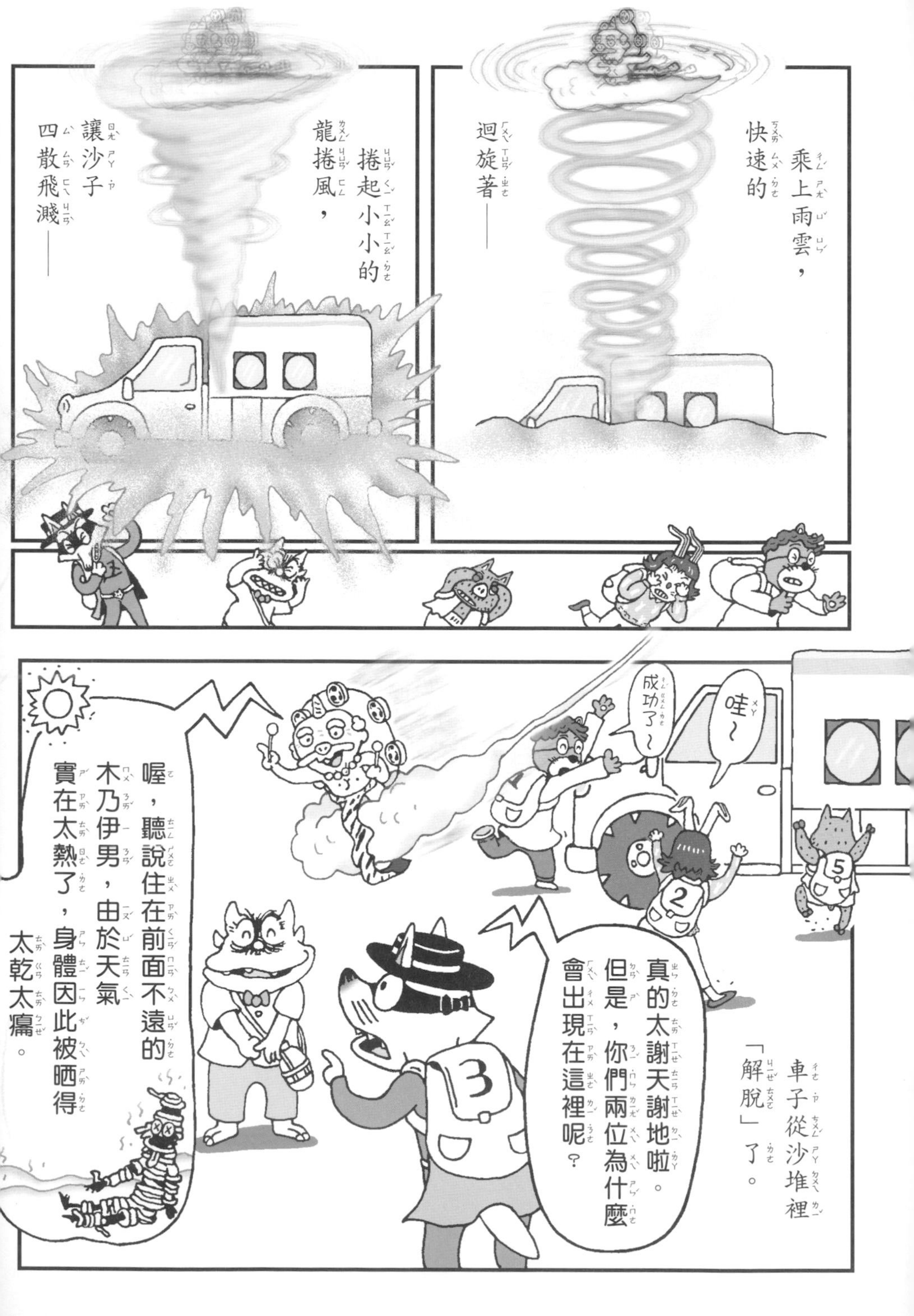
乘上雨雲，快速的迴旋著——
捲起小小的龍捲風，讓沙子四散飛濺——
車子從沙堆裡「解脫」了。
哇~
成功了~
真的太謝天謝地啦。但是，你們兩位為什麼會出現在這裡呢？
喔，聽說住在前面不遠的木乃伊男，由於天氣實在太熱了，身體因此被晒得太乾太癟。

所以，我就打算降點雨幫他滋潤滋潤。
哇！
嘰嘰
對啊，這都是異常氣候惹的禍啦。
而我們呢，想說如果也讓木乃伊男喝點返老還童水，他應該會開心點，所以就跑去返老還童池裝了水，沒想到經過卡帕魯山時，老頭突然緊急「煞車」，瓶子裡的水因此灑了一些出來。
不過，真的只有灑出來一點點，就算有誰喝到，大概也只會短時間變成小孩而已，不會出大問題的啦。哈哈哈哈。
對了！
伊豬豬，你染上小孩的傳染病，該不會就是這個原因吧？
★《大、大、大、大冒險（上集）》的68頁，伊豬豬好像也有喝了這個妖怪學校老師說的返老還童水耶。

佐羅力猛然轉身向後，

看到伊豬豬正好將
被雨弄溼的藥粉，
倒在報紙上。
「佐羅力大師，這麼大的
太陽，藥粉很快就可以
晒乾了，你不用擔心啦。」
「喂，停停停，伊豬豬，快點住手，
藥粉會被風吹走的——」

佐羅力的話還沒說完，
藥粉果真被風吹走了，
與沙子混在一起，
怎麼分也分不清楚。

「啊，都飛走了，算了啦……還好我們帶了比較多分量的藥粉來。好，大家動作快，要出發了。」

佐羅力一坐上駕駛座——

沒想到車子的四個
輪胎全都爆胎了。
當佐羅力與妖怪學校的
老師等人，聊天聊得
十分開心時，
沙漠的高溫卻導致
輪胎膨脹並爆開了。
「啊，這什麼鳥事啊！」

佐羅力抱頭大喊。

「救命啊——」

由於輪胎爆裂而被噴飛的魯豬豬，他的背包正好被一株巨大仙人掌的刺扎住了，卡在上面沒辦法下來。

雷老頭乘上雲朵飛過去，想將魯豬豬救下來。佐羅力看到這個情景，腦中閃過一個點子。

「對了！」

請雷老頭
將眼前這個
粗大的
仙人掌，
嘶啪剎
嘶啪剎
沙沙
他們把它
組裝在車子上，
用來取代
已經爆裂的輪胎。
不管是
寬度、大小，
全都剛剛好！
而且，

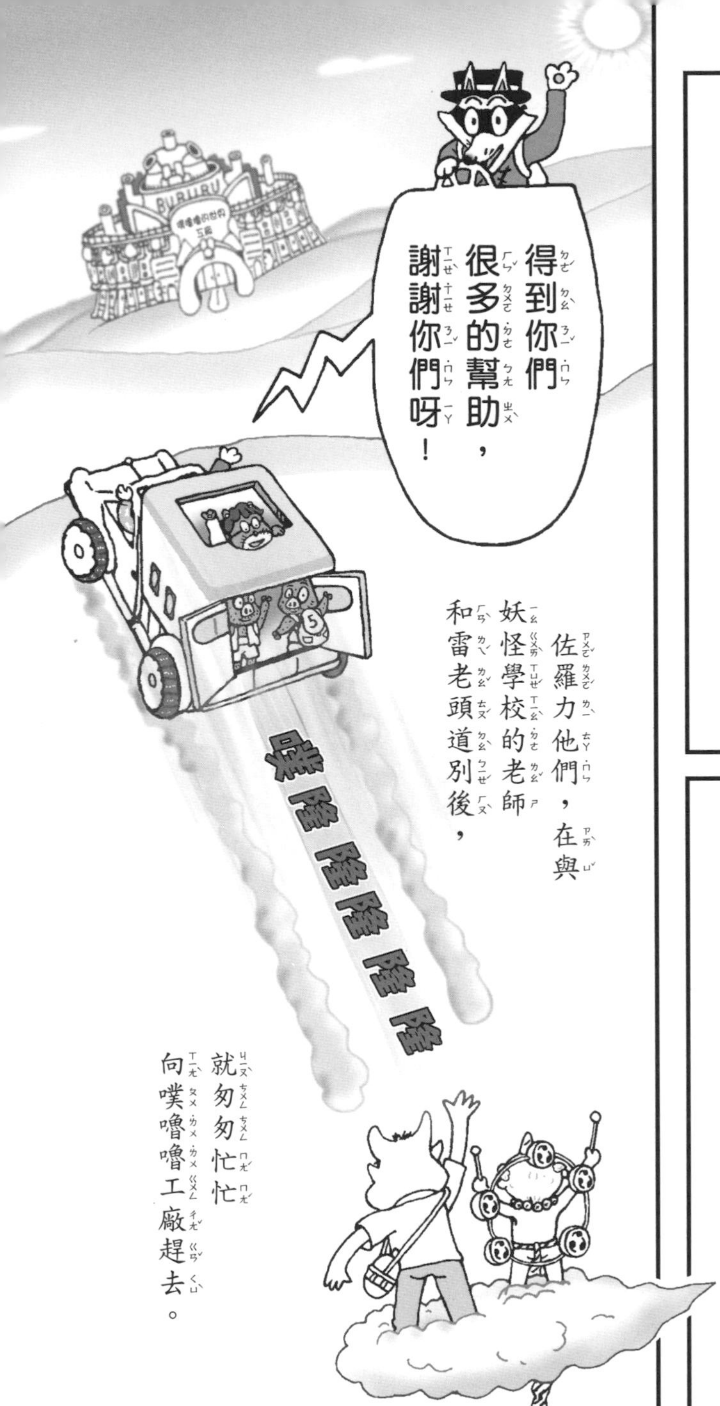
得到你們很多的幫助，謝謝你們呀！
噗隆隆隆隆隆

佐羅力他們，在與妖怪學校的老師和雷老頭道別後，

就匆匆忙忙向噗嚕嚕工廠趕去。

用雷劈成一樣大小的四等分——

仙人掌上的刺就好像釘子一樣，能確實牢牢的抓住沙地，簡直是有如行駛在沙漠中的專用輪胎一樣。

因為替四驅車裝上仙人掌輪胎，不一會兒，
他們就抵達了噗嚕嚕工廠。
佐羅力將筆記本和筆交給阿麗伍絲，
然後將相機掛在魯庫多的脖子上。

沒問題吧？現在你們兩位是
雜誌社的記者，要巧妙的
引開噗嚕嚕他們。
本大爺和伊豬豬、魯豬豬，
則負責從後門潛入，
趁機製作出好吃的藥。

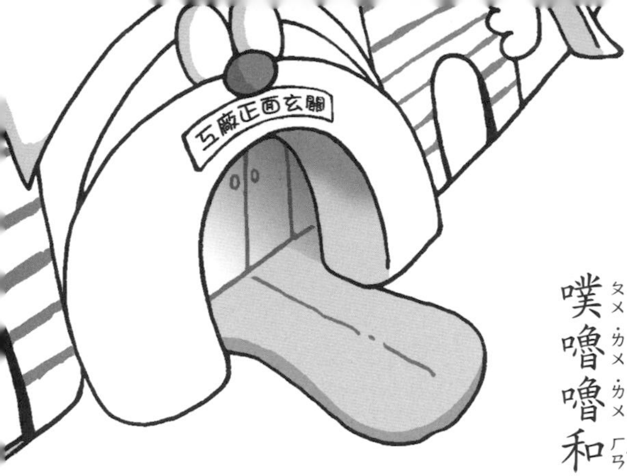

「哎呀，噗嚕嚕董事長不是你的朋友嗎？那就直接拜託他幫忙吧。」

說朋友呢，的確是朋友，然而，噗嚕嚕和佐羅力兩人，卻是關係欠佳的朋友。

但本來說是朋友，現在卻得偷偷摸摸像個小偷，阿麗伍絲當然感到很奇怪啦。

佐羅力解釋：

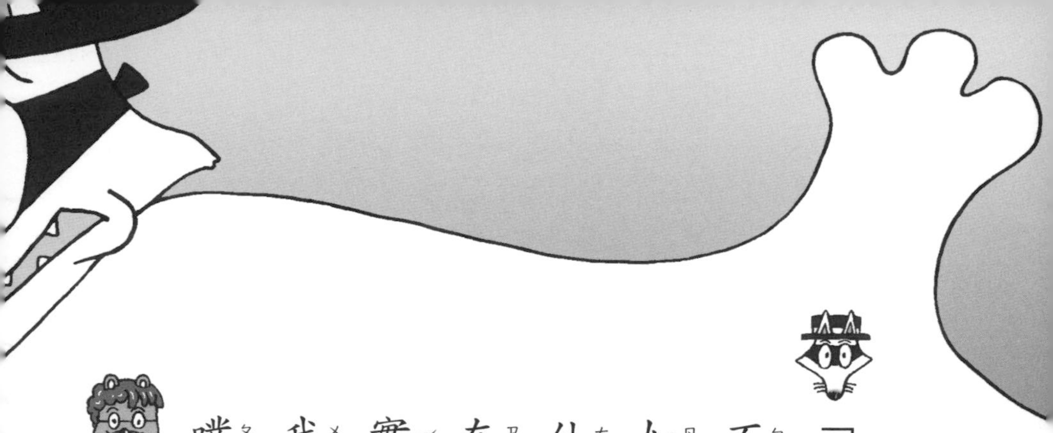

「我本來也打算直接拜託。不過，那位噗嚕嚕董事長很難搞，如果沒有充分解釋清楚的話，他絕對不會幫忙。我們已經在沙漠浪費太多時間了，實在沒空好好交代來龍去脈。我會在事情解決後，再向噗嚕嚕董事長說清楚講明白的。」

「說的對，最重要的是盡早把

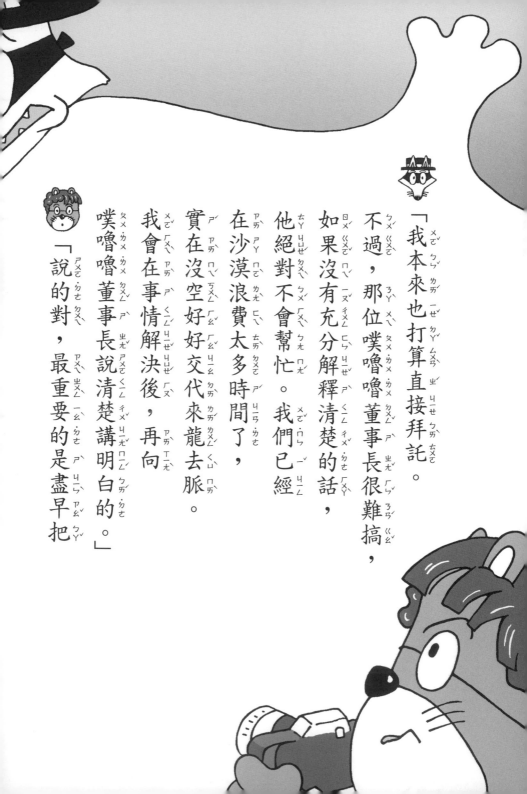

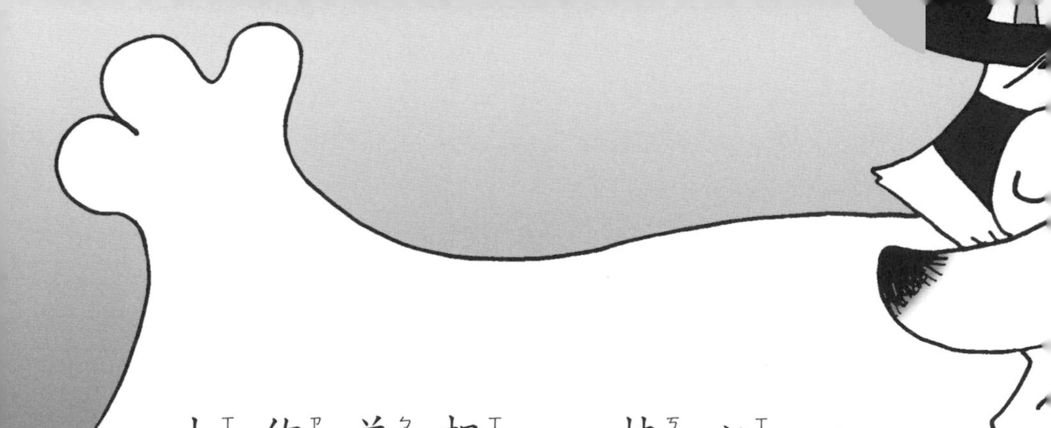

好吃的藥做出來。」

「嗯，佐羅力先生真的好酷，
心裡唯一惦記的，就是
快點治好孩子們。」

魯庫多與阿麗伍絲完完全全
相信了佐羅力的說詞，
並以尊敬的眼神凝視著他。
佐羅力從口袋中掏出
小型的耳機，

魯庫多
脫掉白袍，
扮成攝影師，
朝著目標
出發啦！

交給兩個人。

「我們把藥做好之後，會用這個通知你們，到時候，你們就選擇最佳時機結束採訪，回到這輛繞到工廠後方的車子裡，與我們會合一起趕回孩子們身邊。」

「知道了。」

阿麗伍絲與魯庫多

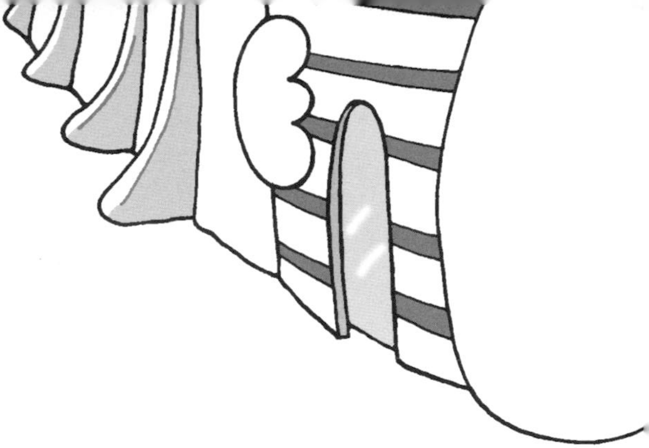

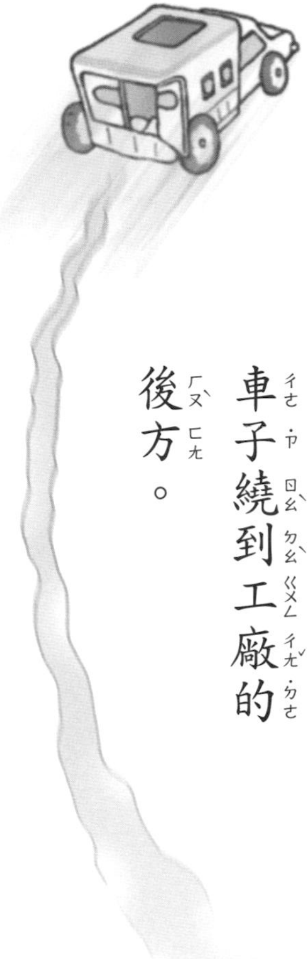

分別扮成記者與攝影師，進入了噗嚕嚕工廠。

佐羅力等人看著他們走進去之後，便開著車子繞到工廠的後方。

接下來，他們該如何潛入工廠？各位讀者是否已經知道答案了呢？

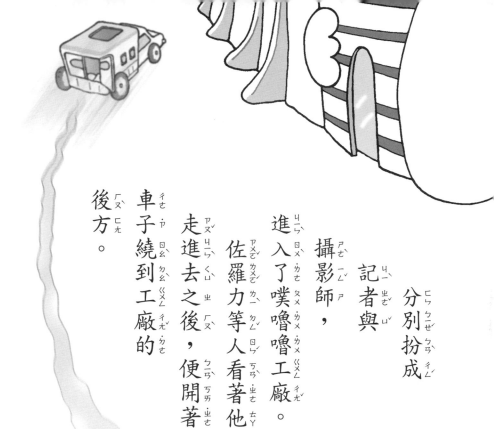

沒錯，又得再次用到伊豬豬和魯豬豬臭屁的力量。魯豬豬爬上佐羅力的背上，翹起屁股，與下方伊豬豬的屁股相接。

魯豬豬對準了工廠的屋頂，對伊豬豬說：「好，發射！」

這下還真是臭味相投。
噗啪啪啪啪啪

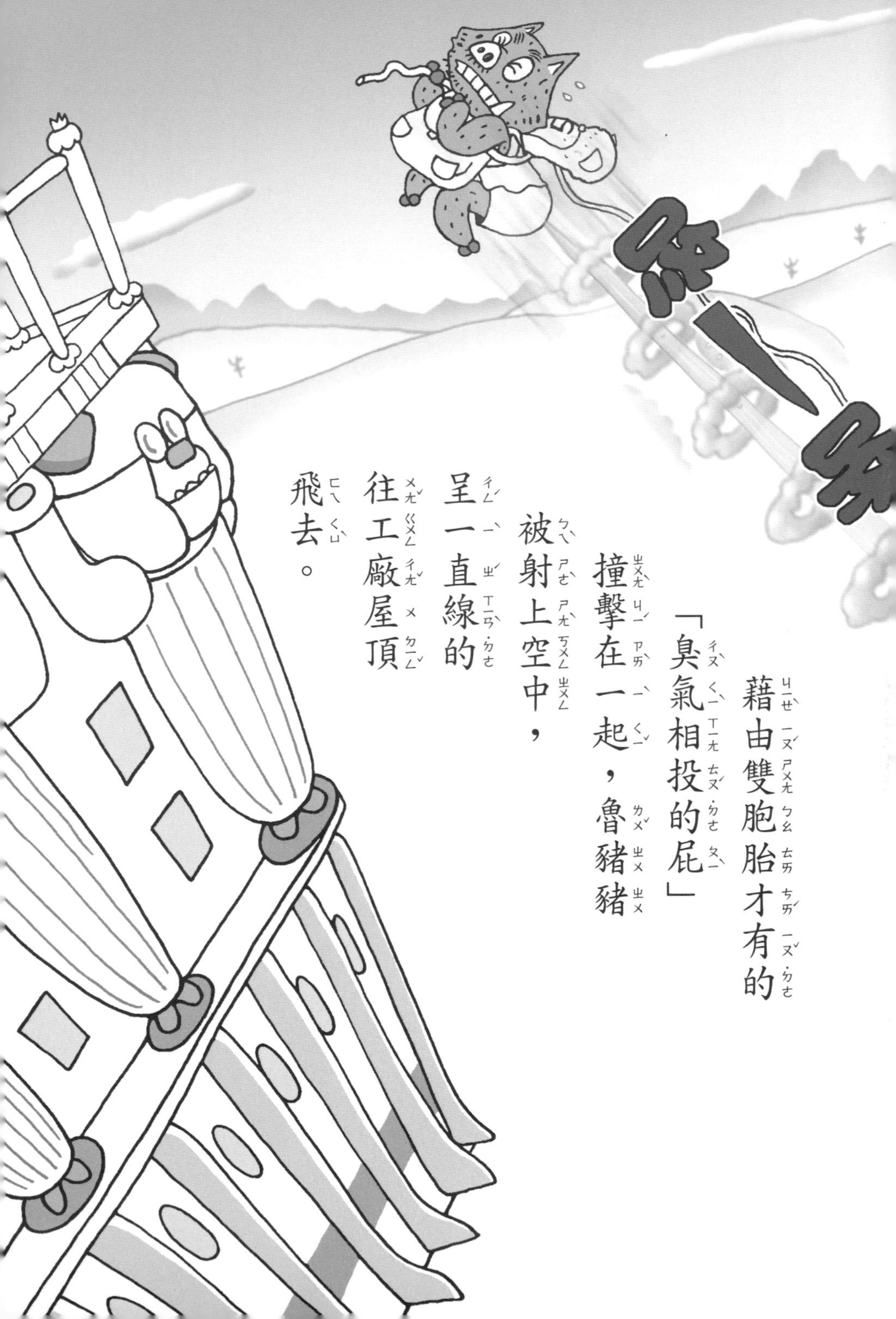

藉由雙胞胎才有的「臭氣相投的屁」撞擊在一起，魯豬豬被射上空中，呈一直線的往工廠屋頂飛去。

在屋頂上漂亮落地。
而魯豬豬的手上
還抓著一根繩子。
他利用那根繩子，快速俐落的
將佐羅力和伊豬豬拉上屋頂，
三個人就這樣會合了。
真是絕妙的團隊合作啊。
「魯豬豬，好好待在
這裡等我們，

在我們回來之前做好準備，到時候就利用這根繩子爬下去，回到車子裡。我和伊豬豬一定會很快將好吃的藥做好，然後趕回來的。」

佐羅力說完這些話之後，就帶著伊豬豬搭上位於屋頂的電梯，進入下方的工廠。

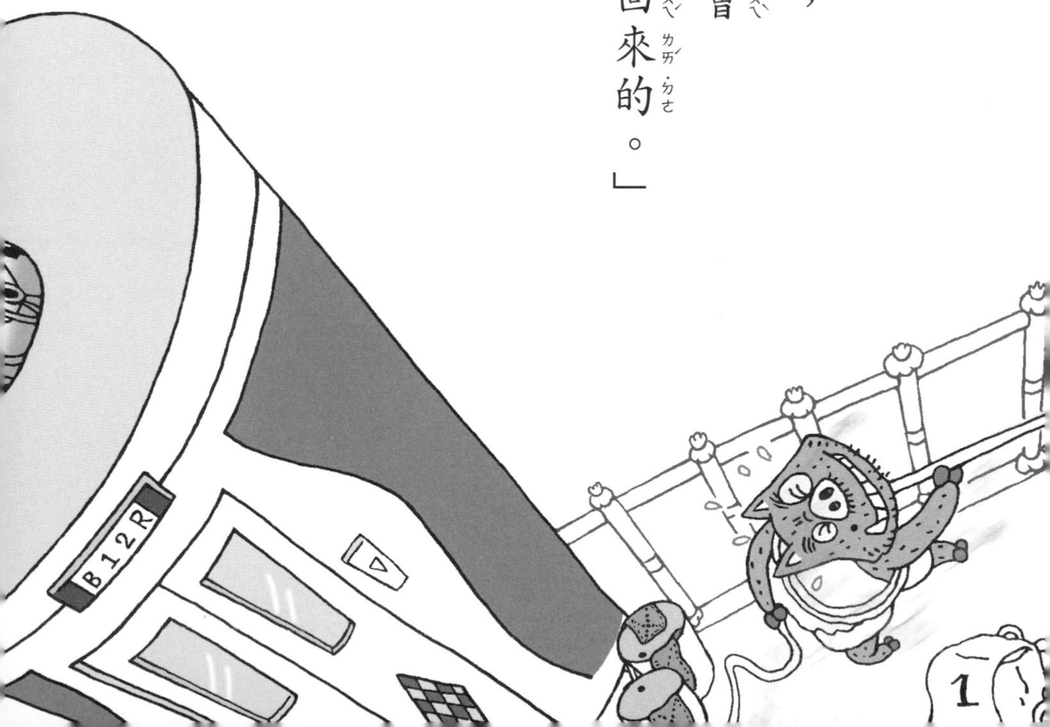

至於屋頂下方這兒，噗嚕嚕對於阿麗伍絲和魯庫多是雜誌記者這件事，從一開始就沒起疑心，因此，正熱切的介紹著將在下個月推出的噗嚕嚕彈珠汽水糖。

喔，說到噗嚕嚕呢，絕對不是只有巧克力而已，他們的產品甚至還有彈珠汽水糖。

伊豬豬盯著那些陸續被輸送出來、聚集在一起的彈珠汽水糖，口水都快流下來了。

佐羅力大師，我可以吃個兩、三顆，
嚐嚐看味道嗎？
喂咿，伊豬豬我們可不是
來工廠校外教學的。
往這裡。

佐羅力拉著伊豬豬的耳朵，藏身到機器的後方，一邊尋找著製作噗嚕嚕巧克力的機器。

不久——

找到了！他們找到了！這些板狀巧克力，正是噗嚕嚕巧克力。

在巧克力完全凝固前，得將一小撮一小撮的藥粉，放在巧克力上頭。

然而，藥粉始終浮在融化的巧克力表層，無法順利的混合在一起。

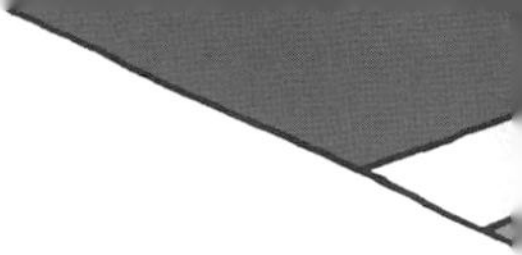

他們只好以小棒子
輕輕的攪拌，攪拌著、攪拌著，
巧克力也漸漸凝固了。
兩人試著嘗嘗看味道如何，
結果又苦又難吃。
「本大爺太天真了，以為只要和
巧克力混合在一起，藥粉的苦味
就會消失。唉，我沒輒了。」
就在佐羅力無計可施時，

你們覺得彈珠汽水糖如何？
啪喀咬下，嘴裡立刻「嘶」的冒出清新的滋味，
真是最高級的享受吧？

佐羅力聽到噗嚕嚕洋洋得意的介紹，想起剛剛看過的彈珠汽水糖機器。

「對了，就用那臺機器讓藥粉

凝固，外面再覆上巧克力，苦得要命的藥粉也就被包裹在裡頭。這樣一來，孩子吃進嘴裡，當汽水糖的甜味擴散時，巧克力連同裡面的藥，便被吞進肚子裡啦。好，就這麼辦，伊豬豬，跟我來。」

佐羅力轉身走回彈珠汽水糖的製造機那兒——

這時，噗嚕嚕董事長正好將大家帶離機器邊，引導著他們前往下一個地方參觀。

接下來，請來參觀即將決定敝社未來命運的「魔力噗嚕嚕巧克力」製造機！來，往這兒走。
沙沙沙沙沙沙沙沙

現在正是最佳時機！

佐羅力拿走原本正送往機器內的彈珠汽水粉末，全數換上藥粉。

接著按下開關，

機器將藥粉凝固了，在轉眼間全變成了一顆顆白色的小顆粒。
好耶，太好了。
兩人將製好的藥丸塞進背包中。

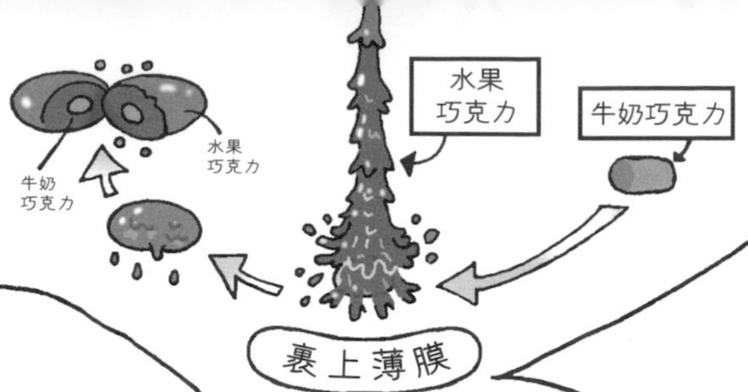
水果
巧克力
牛奶巧克力
牛奶
巧克力
水果
巧克力
裹上薄膜

噗嚕嚕董事長的聲音再次響起。

這個呢——就算單單一顆牛奶巧克力，就已經夠好吃了，不過，敝社利用研發出來的新技術，在它周圍裹上一層薄薄的水果巧克力。這也正是「魔力噗嚕嚕巧克力」，成為敝社自豪產品之一的原因。

對佐羅力來說，這段話聽起來像是告訴他：

「應該可以用這部機器，來替藥丸裹上水果巧克力吧。」

如果要這麼做，就只能祈求噗嚕嚕盡快移動到別的地方去。

然而，噗嚕嚕卻站在機器前，更為熱烈的高談闊論著。

於是，佐羅力透過耳機傳給阿麗伍絲某項指示——

阿麗伍絲很快的說，
董事長，我們已經充分了解貴公司產品有多棒了。接下來，我們希望能呈現出酷帥董事長您光芒四射的魅力，所以不曉得能不能到董事長室裡，為您拍照並進行訪談呢？
唔，酷帥？咿嘻嘻，真的嗎？嗯，也好。哈哈哈。

來，進來吧。嘿，你、你，要把我的男子氣概好好的拍出來呵，知道嗎？
噗嚕嚕心情非常愉快的踏著步伐，走進董事長室。
漂亮啦，阿麗伍絲。

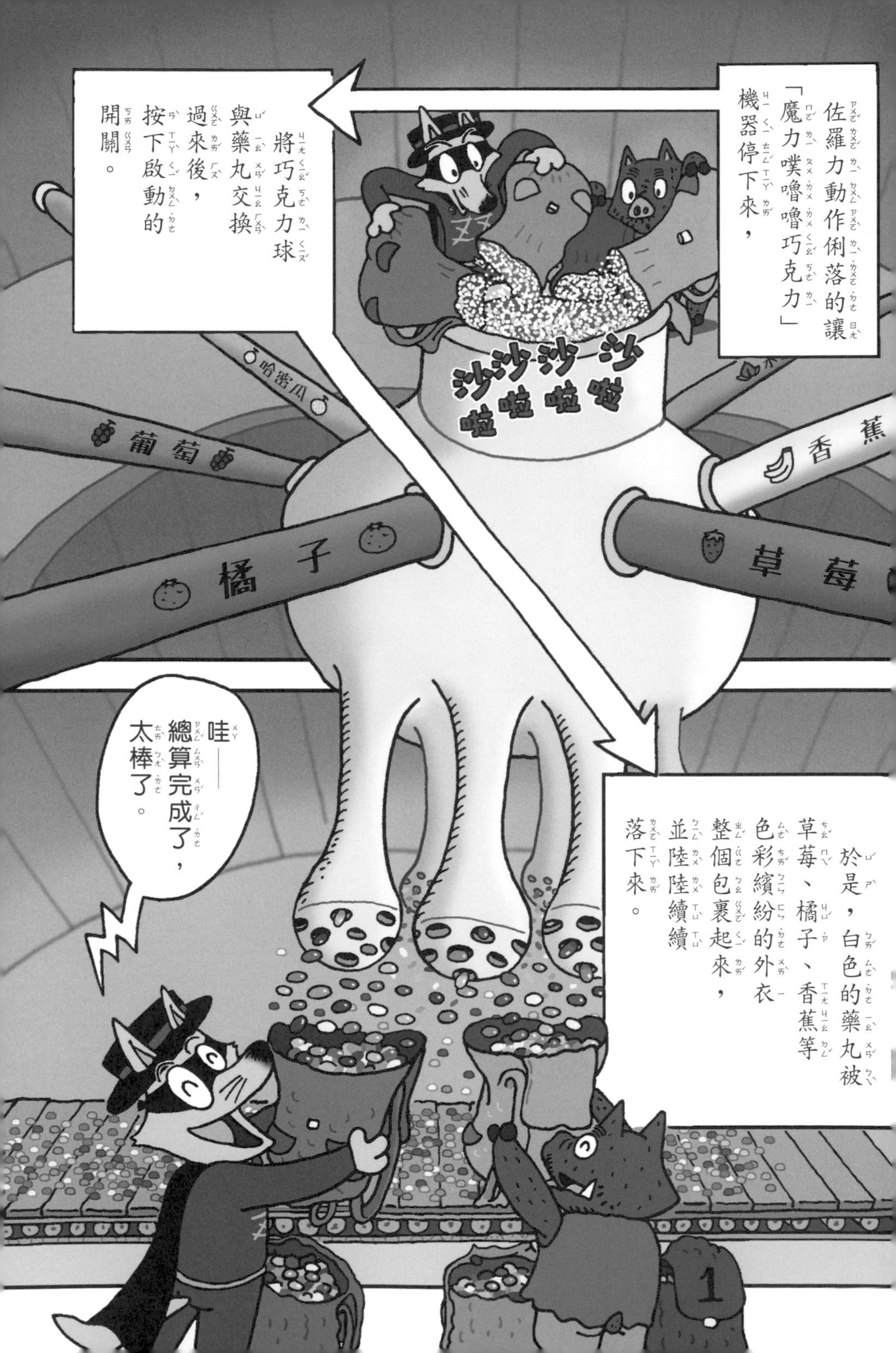
佐羅力動作俐落的讓「魔力噗嚕嚕巧克力」機器停下來，
將巧克力球與藥丸交換過來後，按下啟動的開關。
沙沙沙沙
啦啦啦啦
哈密瓜
葡萄
香蕉
橘子
草莓
於是，白色的藥丸被草莓、橘子、香蕉等色彩繽紛的外衣整個包裹起來，並陸陸續續落下來。
哇——總算完成了，太棒了。

兩個人將所有裹上薄膜的藥丸，全塞進背包中，然後急忙的往電梯跑去。

然而，要前往電梯，一定得經過董事長室的前方。

佐羅力和伊豬豬放輕腳步，想打算悄悄通過時，卻被走出董事長室準備去換新茶水的摳噗嚕，正面撞見了。

佐、佐羅力，是佐羅力。噗嚕嚕董事長！
伊豬豬，別被抓了呀。
哇啊！
他們想做什麼？！
董事長室

摳噗嚕這麼一叫，佐羅力他們便朝著

電梯一溜煙跑了。噗嚕嚕趕緊衝出董事長室，追了過去。

真是千鈞一髮啊！電梯門就在噗嚕嚕的眼前關上了。

佐羅力和伊豬豬的臉上帶著賊賊的得意笑容，搭著電梯往上升，噗嚕嚕和摳噗嚕只能惡狠狠的瞪著他們離去。

阿麗伍絲、魯庫多，藥已經做好了。你們兩個現在立刻離開工廠，發動車子的引擎等著我們。
碰一聲關上

佐羅力和伊豬豬抵達屋頂後，卻看到魯豬豬由於在那邊等太久，竟累得打起瞌睡來。

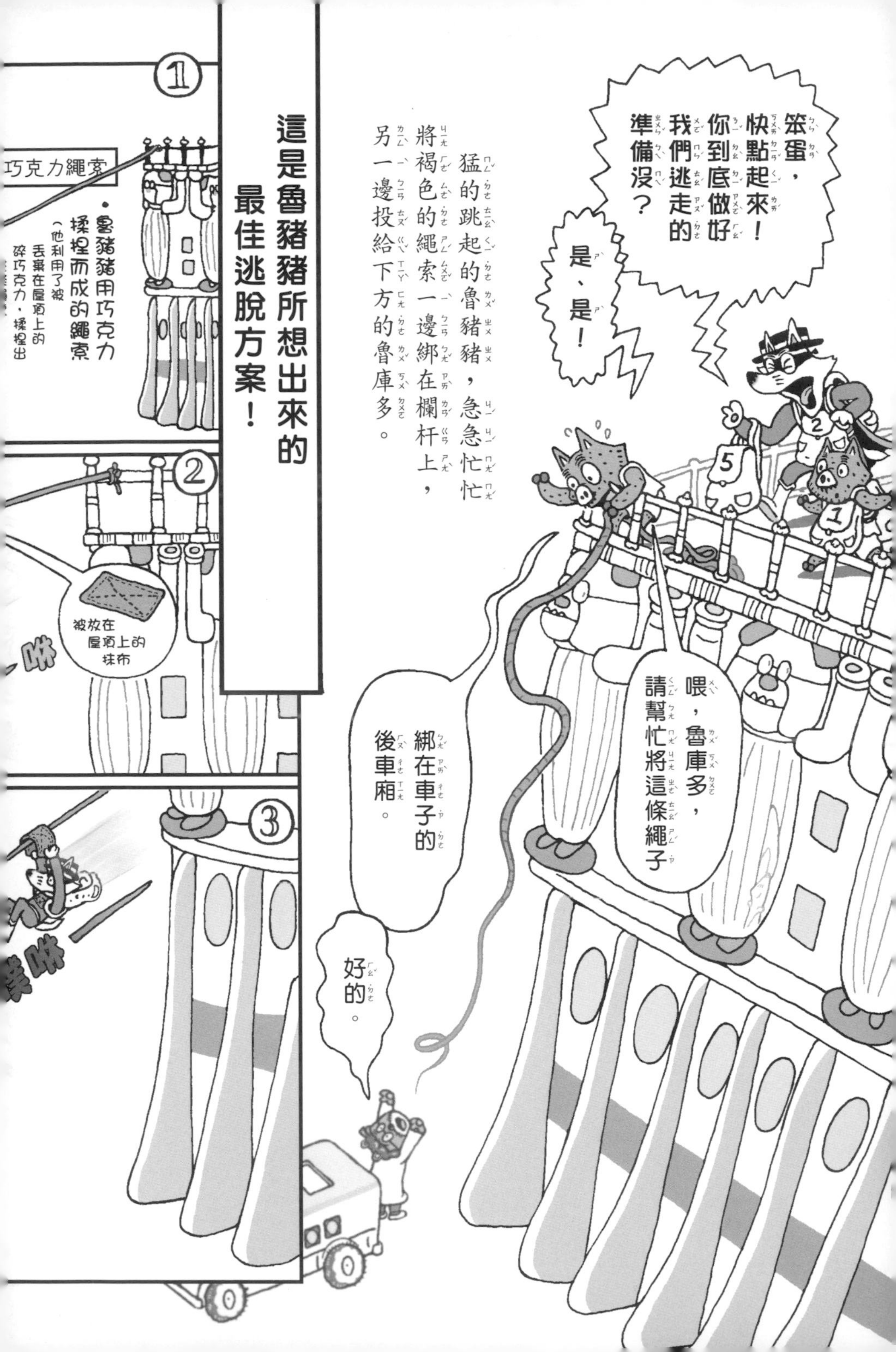

笨蛋，快點起來！你到底做好我們逃走的準備沒？
是、是！
猛的跳起的魯豬豬，急急忙忙將褐色的繩索一邊綁在欄杆上，另一邊投給下方的魯庫多。
喂，魯庫多，請幫忙將這條繩子
綁在車子的後車廂。
好的。
這是魯豬豬所想出來的最佳逃脫方案！
①
巧克力繩索
・魯豬豬用巧克力揉捏而成的繩索
（他利用了被丟棄在屋頂上的碎巧克力，揉捏出
②
被放在屋頂上的抹布
咻
③
咻

讓巧克力繩索在屋頂欄杆的這端，與另一端四驅車後車廂之間，繃緊成一直線。

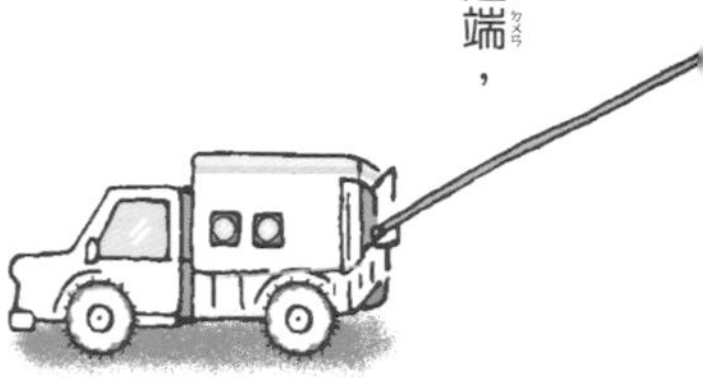

將抹布放在繩索上方，藉由摩擦，趁雙手還沒發燙的時候，抓著它往下滑。

由巧克力揉捏而成的繩索很滑，所以轉眼間就能滑進後車廂內。這便是魯豬豬的絕妙好主意。

三個人都滑進後車廂後，由魯庫多開著車趕回孩子們的身邊。

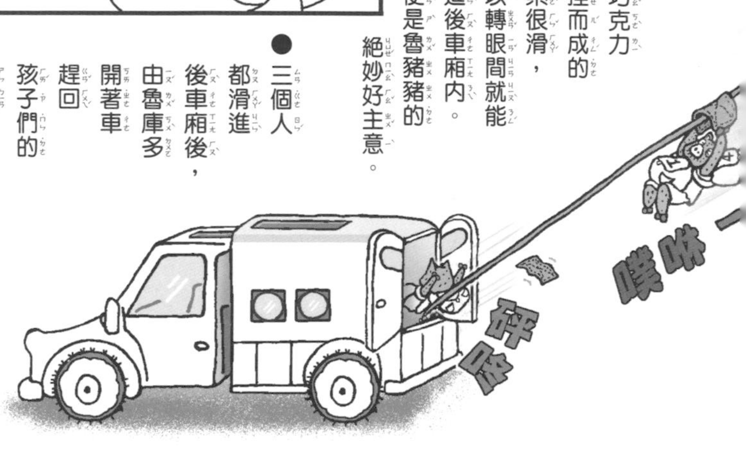

魯豬豬雙手抓著抹布說：

「首先由我來為你們示範。來吧，魯庫多，把繩子拉緊繃住嘍。」

然而，車子才一開動，綁在欄杆那頭的巧克力繩索便鬆脫了，並且扭動著掉落地面。

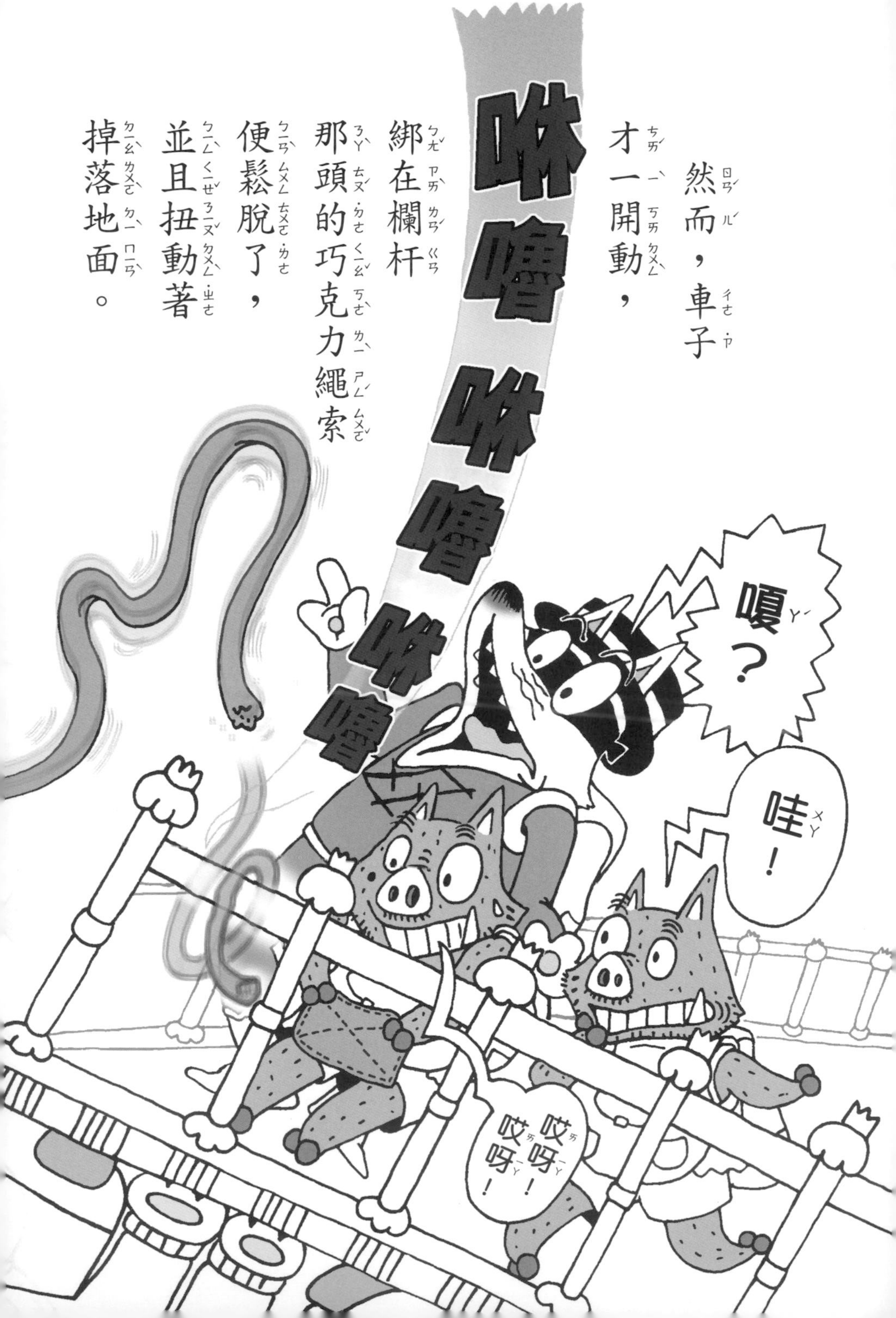

儘管魯豬豬一心想著要將繩索好好綁牢在欄杆上，偏偏，由巧克力揉捏而成的繩索卻滑溜溜的鬆脫了。最後，他們沒有工具能從屋頂逃脫了。而屋頂的那頭——

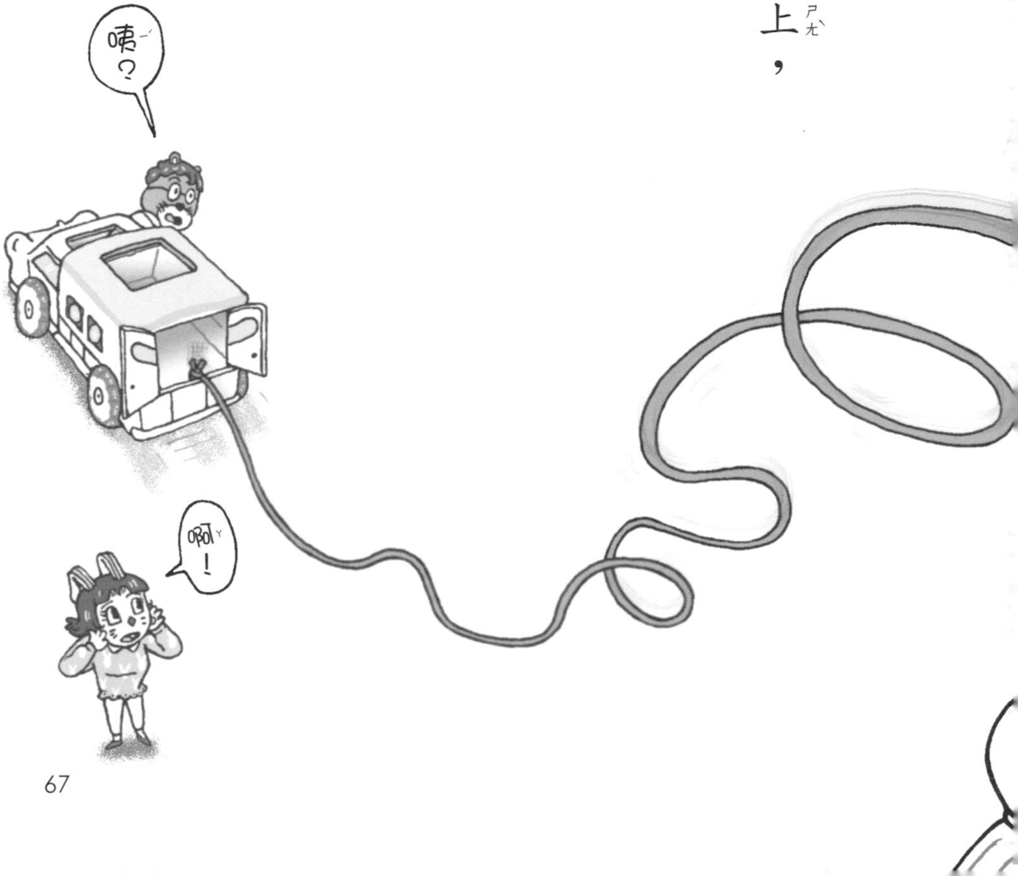

噗嚕嚕他們已經爬樓梯上來了。

「喂，佐羅力，在『魔力噗嚕嚕巧克力』上市前，你連一顆也休想帶出去。」

「不、不是，這是要給孩子們的救命藥。放我們一馬吧！」

「哼，等一下警察

就到了。在他們趕到前，你先想好能讓人更信服的謊言吧。」

看這個狀況，不管佐羅力再多說什麼，噗嚕嚕也不會相信。偏偏，如果要在傍晚前把藥送回去，現在就得出發才行。

佐羅力沮喪的肩膀都垂下來了。

這時，地平線的那一頭，有一架紅色的飛機朝著這裡飛來。

喂咿——在那地方磨磨蹭蹭的，可能沒辦法在傍晚前趕回孩子們那兒喔。好吃的藥已經做好了嗎？
砰嗡——轟

飛機上的是索倫多・隆。

「當然做好了，就在這裡面。」

佐羅力秀了秀自己的背包。

「好，知道了。你們三個全待在那兒，高舉雙手等著我。」

索倫多・隆說完話，

便將飛機
一百八十度大轉彎，
就像要讓機翼與佐羅力三人
高舉的雙手相接似的，
朝他們飛了過去。
佐羅力三人算好時機
抓住了機翼，
飛機也隨即往上急升。

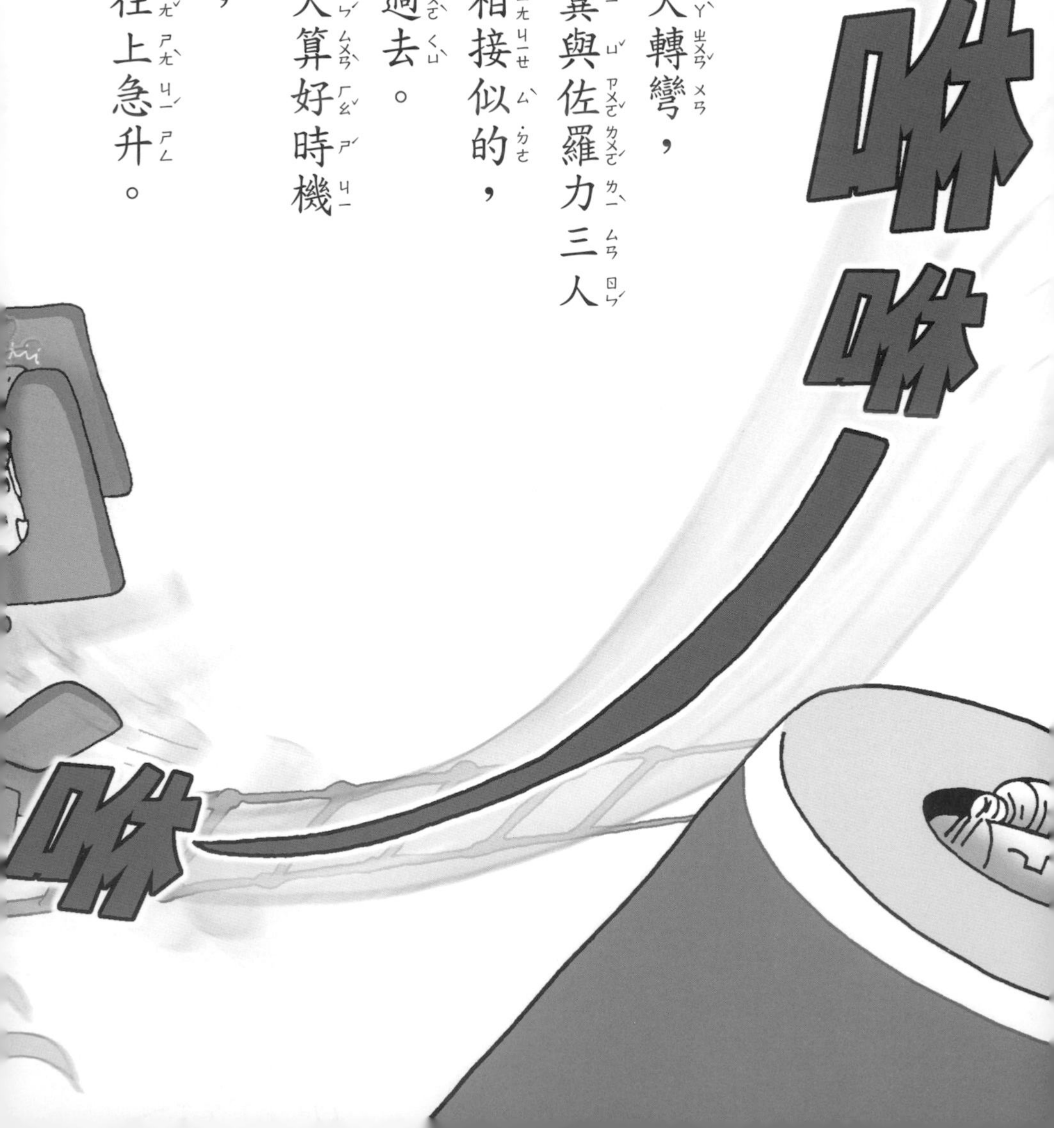

索倫多・隆順利
拯救了佐羅力他們。
不過，
噗嚕嚕與摳噗嚕
當然不會靜靜
待在一旁，
看著這一切發生。
他們拚了老命，
撲過去抓住佐羅力的腳。

佐羅力使盡吃奶的力氣，
雙腳拚命啪搭啪搭
晃個不停，噗嚕嚕和
摳噗嚕被甩開了，
各自抱著一隻靴子，
掉落在屋頂上頭。
阿麗伍絲和
魯庫多看到
佐羅力他們順利逃脫，

大大鬆了一口氣，
並開著車跟在飛機的
後頭追趕著。

依照這種狀況，
大家就可以
一起準時
趕回到學校。

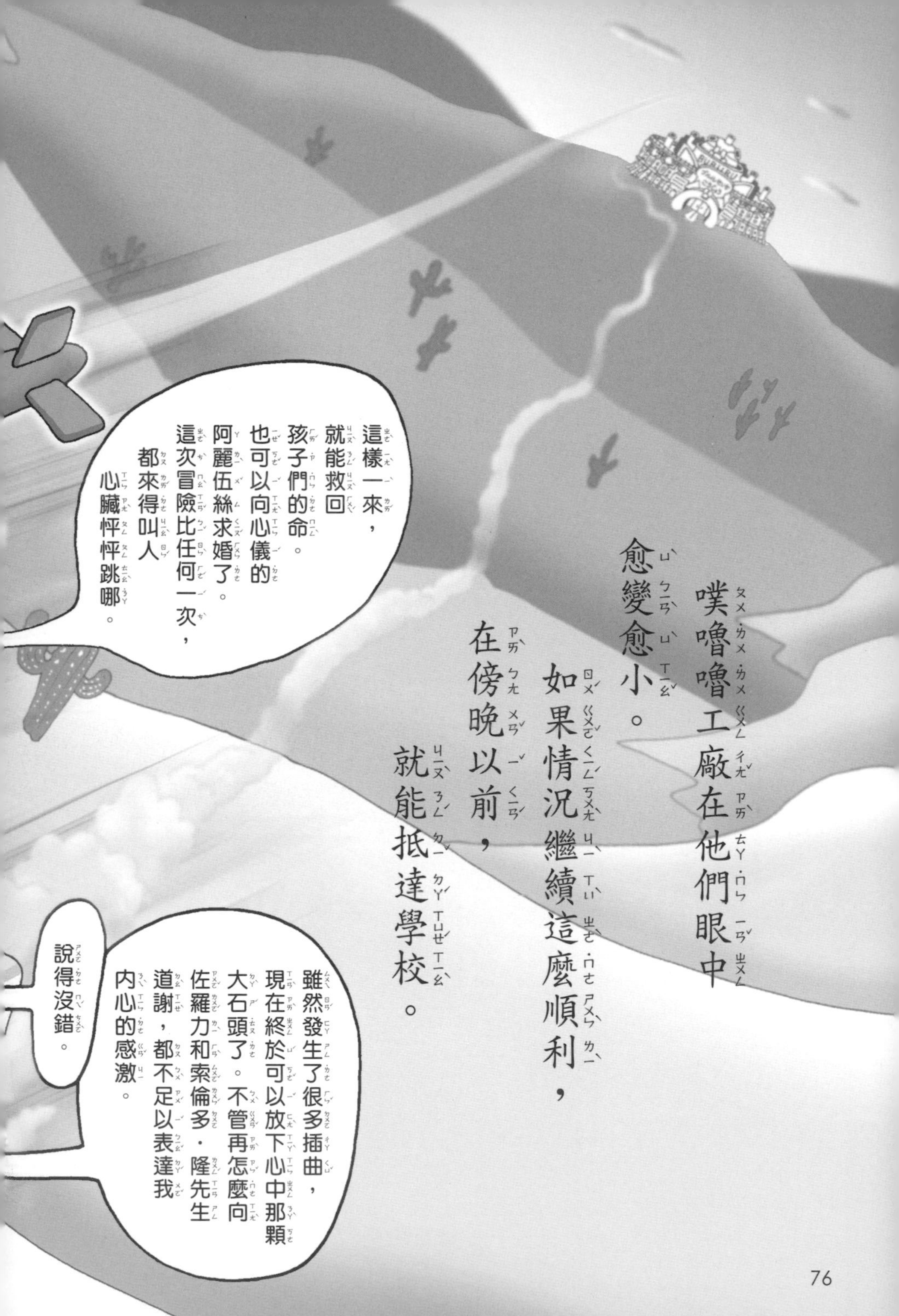
這樣一來，就能救回孩子們的命。也可以向心儀的阿麗伍絲求婚了。這次冒險比任何一次，都來得叫人心臟怦怦跳哪。
雖然發生了很多插曲，現在終於可以放下心中那顆大石頭了。不管再怎麼向佐羅力和索倫多・隆先生道謝，都不足以表達我內心的感激。
說得沒錯。

噗嚕嚕工廠在他們眼中愈變愈小。
如果情況繼續這麼順利，在傍晚以前，就能抵達學校。

魯庫多也說要學習佐羅力大師，勇敢的向自己喜歡的人告白耶。
回去之後，就可以開始期待兩場幸福的婚禮啦。真是可喜可賀啊——
與佐羅力先生一起旅行，真的為我帶來滿滿的勇氣。接下來，就輪到我拿出所有的勇氣向喜歡的人求婚啦。

這一刻，大家終於能看見美好的未來，並且稍稍鬆了一口氣。

然而，不肯放手的噗嚕嚕和摳噗嚕，卻駕著最新型的直升機追過來。

「我們怎麼可能讓他們搶走攸關本社命運的『魔力噗嚕嚕巧克力』？你說對吧？摳噗嚕。」

「當然啦，噗嚕嚕董事長。」

直升機全速前進，

與紅色飛機的距離
愈來愈靠近。

「要是沒辦法把東西
搶回來的話，就像這樣
給你們好看吧。」

噗嚕嚕
將操縱桿
猛力的往前
一壓——

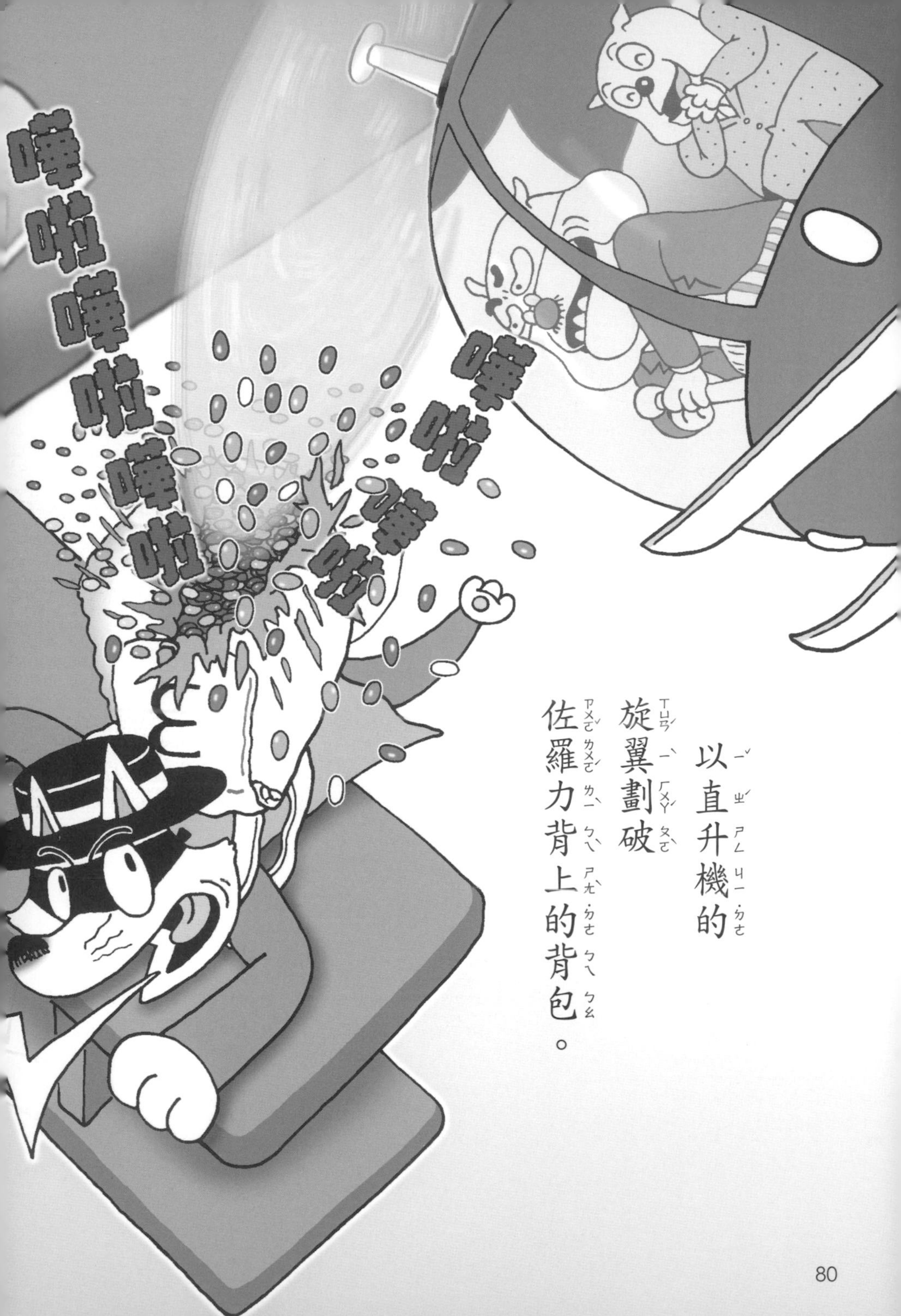

以直升機的旋翼劃破佐羅力背上的背包。

色彩繽紛的藥丸
在空中飛舞。

「你們在幹麼！這樣一來，
就沒辦法讓所有的孩子都吃到藥了。」

這時，索倫多・隆開口說：

「還沒到放棄的時候呢。」

他讓紅色的飛機，

呼咻
急速的往下降，
在那堆掉落的巧克力與地面之間，
畫出了一道氣流。
咻
啊呀！
有了！

赤腳的佐羅力用他的腳趾抓住披風下方的兩端，將整個披風平整的張開，

順利接住了原本掉落的那堆巧克力。

索倫多．隆看了也忍不住大聲喊：

「就是這樣！太酷啦！看，我們很快就會到達目的地啦。」

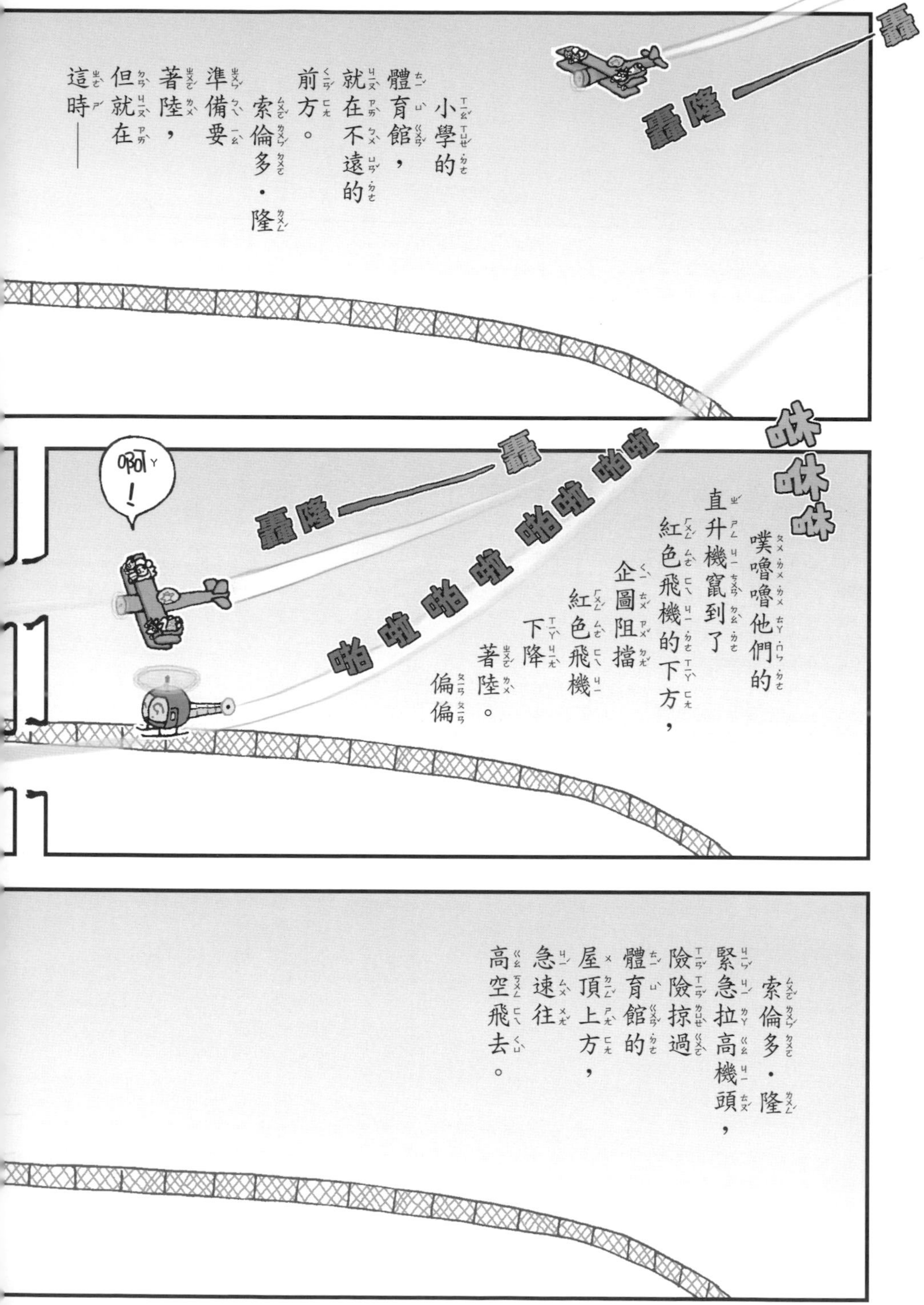
轟隆——轟
小學的體育館，就在不遠的前方。索倫多·隆準備要著陸，但就在這時——
咻咻咻
噗嚕嚕他們的直升機竄到了紅色飛機的下方，企圖阻擋紅色飛機下降著陸。偏偏
轟隆——轟
啪啦啪啦啪啦啪啦
啊！
索倫多·隆緊急拉高機頭，險險掠過體育館的屋頂上方，急速往高空飛去。

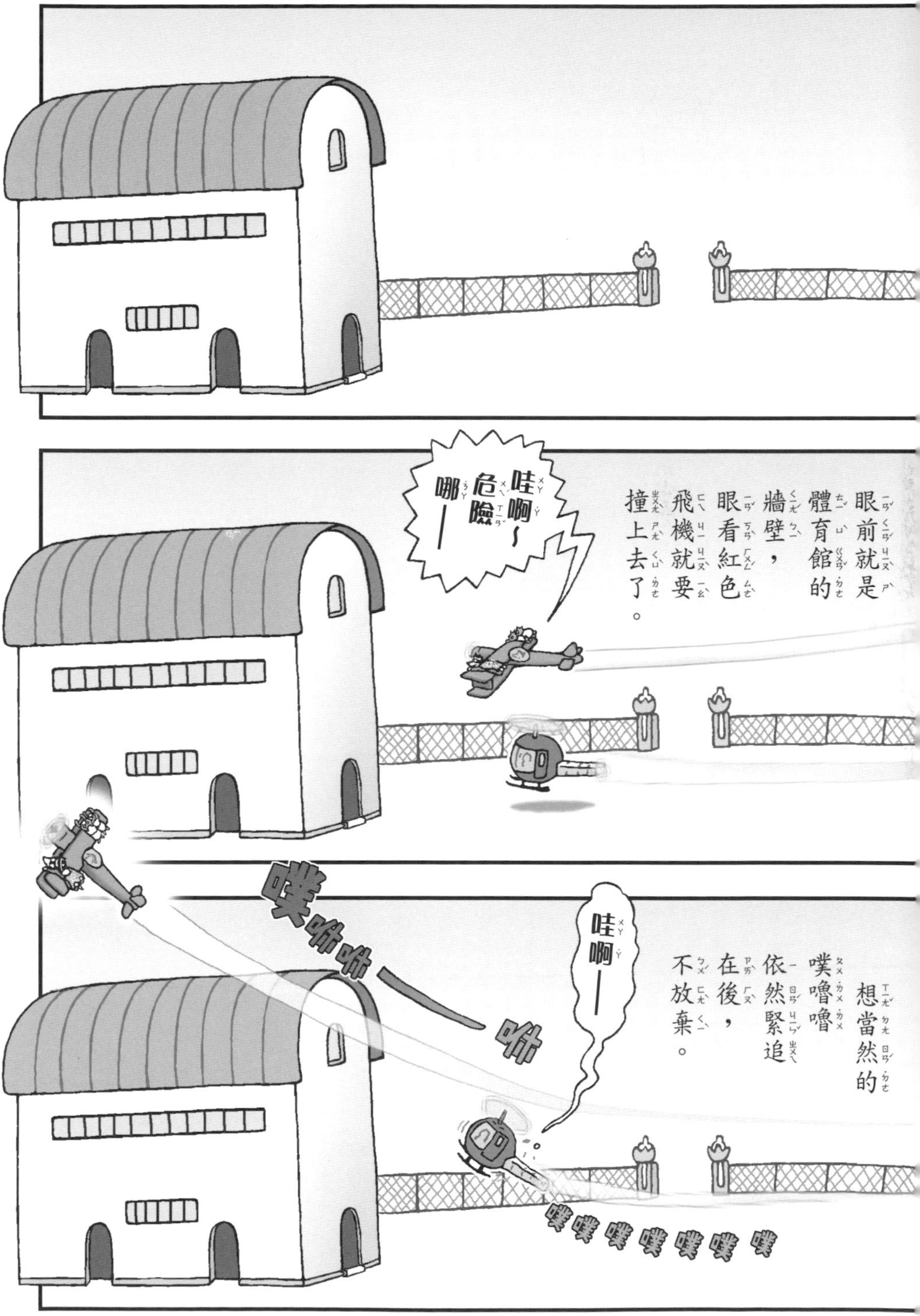
眼前就是體育館的牆壁，眼看紅色飛機就要撞上去了。
哇啊～危險哪—
想當然的噗嚕嚕依然緊追在後，不放棄。
噗咻咻—咻
哇啊—
噗噗噗噗噗噗噗

一切都太遲了，直升機的起落架扎進體育館屋頂的屋簷。噗嚕嚕他們才緊急逃生，直升機馬上就**搖搖晃晃的**斜向一邊。

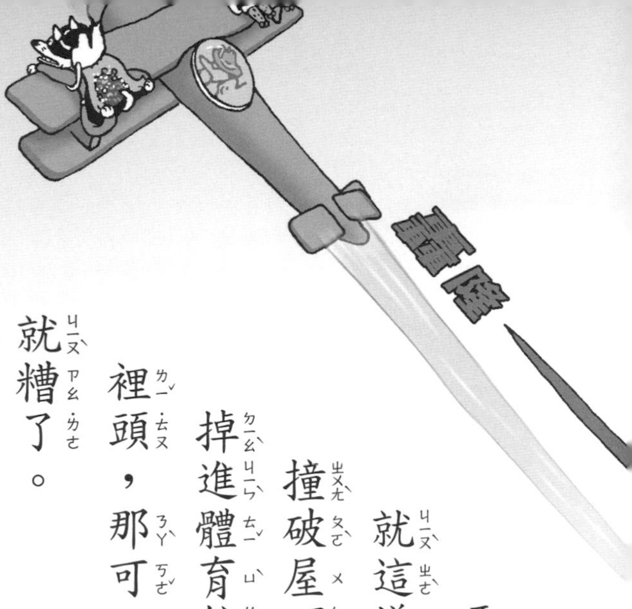

要是直升機
就這樣
撞破屋頂，
掉進體育館
裡頭，那可
就糟了。
等待著被救治的
孩子們，將因此陷入非常大的危險中。
這時，紅色飛機

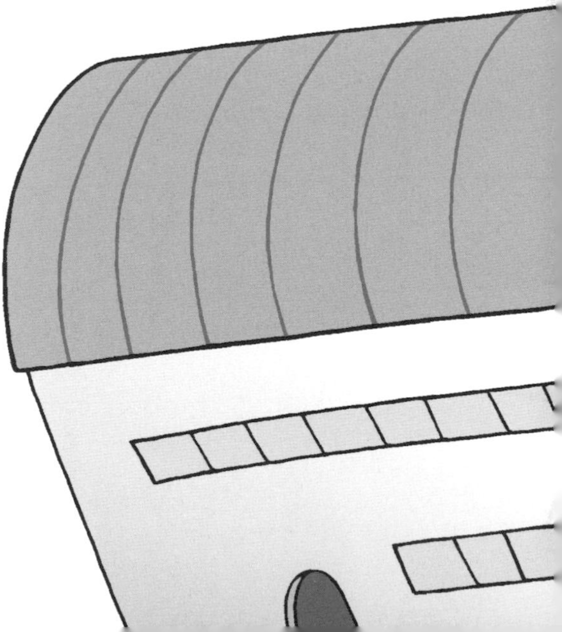

從空中折返了，利用繩索最下方的鉤子，緊扣住直升機，並猛力將它往上拉。

直升機起落架扎入的屋頂，也會一起被拉上空中嗎？

沒錯，就像剝橘子皮似的，屋頂從體育館被硬生生剝離了。

這就是上集中，在卡帕魯山，用來吊起寶藏的繩索。大家記得嗎？
啪啦
啪啦
在搖晃的那一瞬間，披風上已經有些藥丸不小心掉下去啦。
哎呀！
啪啦
啪啦
啪啦
哐啷
哐啷

體育館內，魯庫多正呆呆張著嘴，看著上方所發生的一切。

這時，從佐羅力披風上掉下來的藥丸，有顆正好掉進他的嘴裡。

魯庫多的腦中靈光一閃，
對阿麗伍絲和馬洛博士，
以及所有在一旁照顧著
孩子們的人說出
自己的點子，並讓全部的
病童正面朝上躺好。

接著，再打開病童的嘴巴。

「已經沒有時間了。請你們從空中
朝著體育館的孩子們灑下藥丸。」

紅色的飛機盤旋在體育館上空，機翼上的佐羅力和伊豬豬、魯豬豬，拚了命的將藥丸往下灑。

色彩斑斕的藥丸雨在夕陽餘暉中，一邊閃閃發光，一邊朝著體育館內傾洩而下。

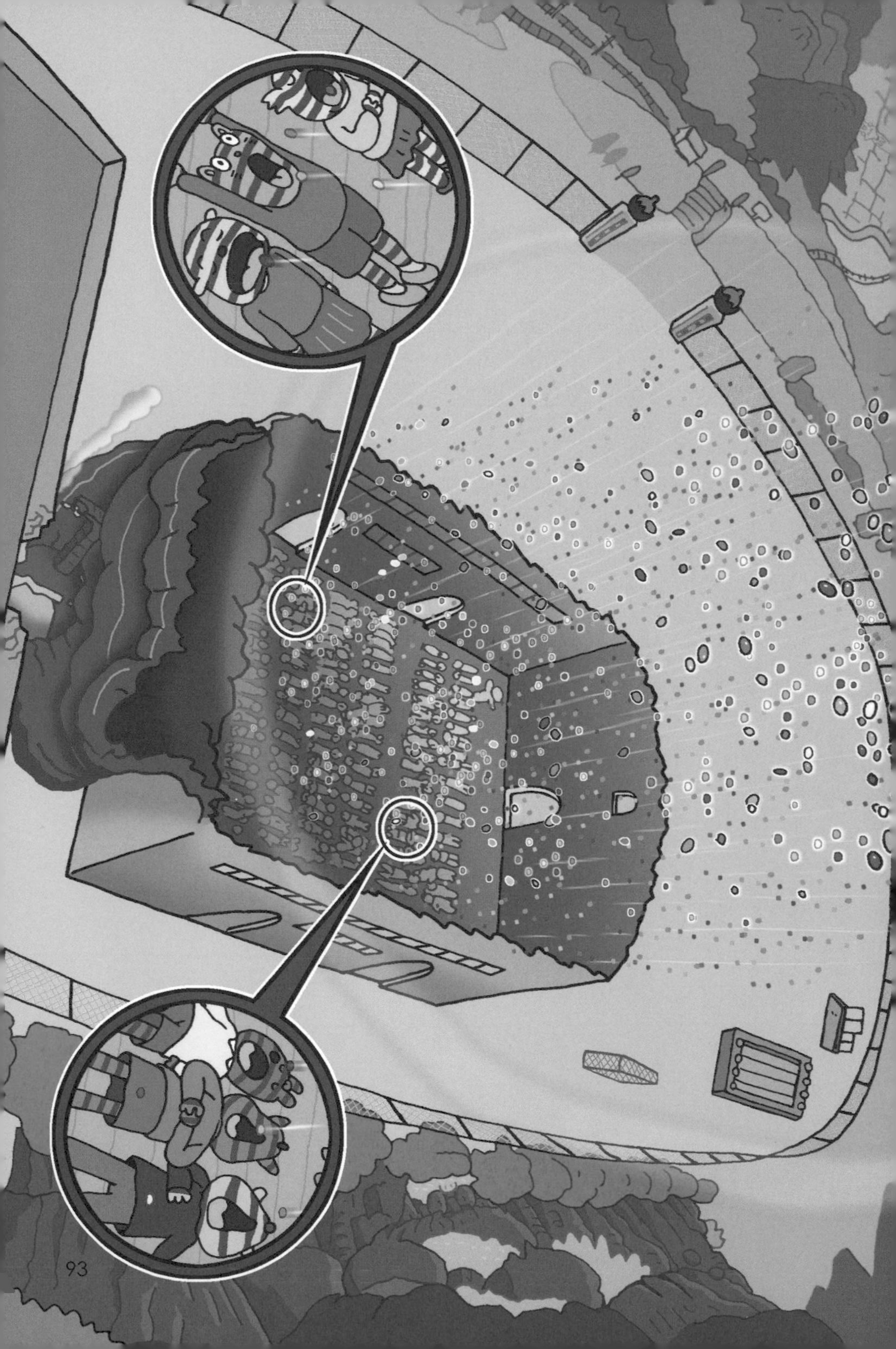

病童吃下藥丸後退燒了，身上的條紋也消失了，並且恢復精神。他們熱烈的迎接回到體育館的佐羅力他們。

由於心中充滿感激，大人們更是笑開了嘴。熊妞從人群中跑了出來。

嘿，聽著，
已經決定要舉行婚禮了喔。

太棒了，魯庫多，
你真的勇敢說出內心話了。
接著就看佐羅力大師的表現啦。

伊豬豬一轉身望向佐羅力那兒，
看到阿麗伍絲緊緊
握住佐羅力的雙手。
而且，她比佐羅力
更早開口說：
「佐羅力先生，我有個請求。
那就是我們的婚禮——

希望您可以出席。」

接著，帶著害羞表情的魯庫多，也跑了過去。

「伊豬豬先生和魯豬豬先生從後頭推了我一把，讓我鼓起勇氣向阿麗伍絲告白，她也點頭答應了。所以真是太謝謝你們了。」

「魯庫多，你暗戀的對象不是這位女孩嗎？」

魯豬豬吃驚的問，
熊妞聽了，回答：
「我是魯庫多的妹妹。因為怕寂寞，
所以非常討厭一個人落單。
不過，哥哥如果結婚了，
我就可以多一位姊姊啦，
超開心的。」

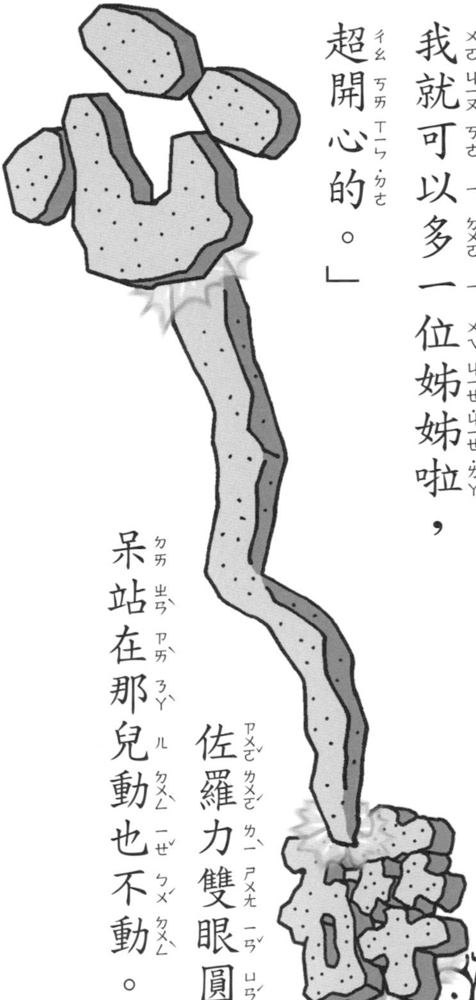

佐羅力雙眼圓睜，
呆站在那兒動也不動。

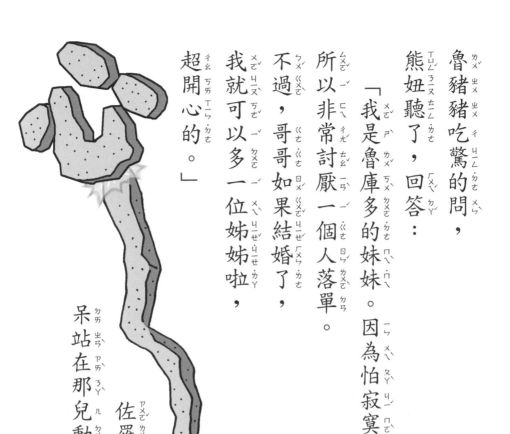

那天晚上，為了感謝拯救病童的英雄們，村裡的人開始著手準備派對。

不過，佐羅力他們——

卻背著村民悄悄的離開村子。

請等一等。這場派對沒有了主客，那可怎麼行呢？

馬洛博士發現後，馬上追了上去。

「能夠順利將藥丸運來，靠的是那架紅色飛機，所以主客應該是索倫多・隆。」

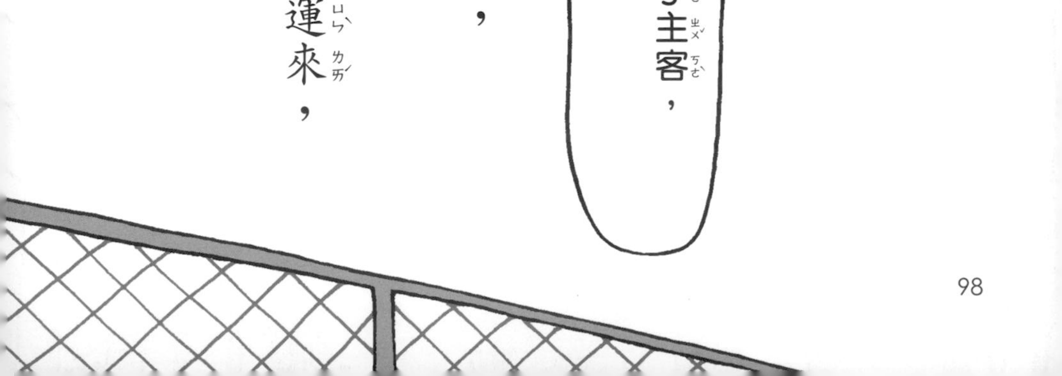

佐羅力這麼說。

「啊，那位索倫多・隆先生呢，
其實是佐羅力先生的……」

馬洛博士正想繼續說完，
但佐羅力已經邁開步伐走了。
他背負著沉沉的悲傷，
消失在黑暗中。

馬洛博士跑去想尋找
索倫多・隆，卻發現——

他正要搭上紅色飛機。

你的兒子已經離開村子了，請快點追上去，將他帶回來。
不，關於這件事，我想我可能認錯人了。那位名叫佐羅力的男子，雖然有些地方和我有點相像，不過，我的兒子總是喊著「媽媽、媽媽」的黏著我太太，一點也不獨立。我兒子不太可能被鍛鍊成像佐羅力先生那麼勇敢、堅強的。接下來，我也要告辭了。
媽媽ー
媽媽ー
媽媽ー

「咦？那麼，我們要向誰表達謝意呢？」

馬洛博士著急的問。

「不用說，有今天的好結果，都是靠製造了那些藥丸的噗嚕嚕工廠。你們就向噗嚕嚕董事長表達謝意吧。」

索倫多．隆說完這些話後，就發動了紅色飛機的引擎，飛上了星光耀眼的夜空。

這時，學校也點亮燈火，從裡頭傳出一塊兒準備著派對的親子，他們溫馨而歡樂的笑聲。

第二天，佐羅力他們在深山發現了一個在僻靜處所湧出的溫泉。他們悠哉悠哉的泡著溫泉，用溫泉幫忙消除這趟長途冒險所累積的疲憊。
呼——最棒、最棒的享受。就是在藍天下像這樣泡著溫泉，不管什麼都成了小事一樁啦。
佐羅力大師，你看一下這個。噗嚕嚕董事長接受了村民的感謝，還裝成英雄，一副很了不起的樣子講了這些話耶。
啊，對了、對了。各位親愛的讀者！你們該不會認為佐羅力又被甩了吧？
拯救孩子有功的噗嚕嚕董事長訪談
●如果糖果能拯救這些受到條紋病而痛苦的孩子們，就算是工廠得延後新產品上市的日子，我們噗嚕嚕工廠也一定會不遺餘力的提供協助與幫忙。而這一次，噗嚕嚕工廠完全秉持著犧牲奉獻的精神，積極的幫忙製作出這些可以拯救孩子們的藥丸。
●我們這一次的新產品因為這個事件而晚了一週才上市。完美的拯救了那些深受傳染病之苦的孩童們，正是我們噗嚕嚕工廠。而這兩樣最新產品「噗嚕嚕彈珠汽水糖」和「魔力噗嚕嚕巧克力」，請大家務必要購買與支持。
魯庫多與阿麗伍絲 結婚大
阿麗伍絲的訪談
●魯庫多剛到爸爸的研究所裡當研究生時，我就對他產生好感了。魯庫多的個性一直都是屬於有點膽怯與退縮，所以開始了解他之後，我覺得我需要守護在他身邊。
馬洛博士的訪談
●魯庫多和阿麗伍絲終於結婚，這樣，以後我的研究室也總算能後繼有人了，因此我心裡感到非常的高興。
●這一次發生的條紋病事件，我絕對不會忘記佐羅力先生、伊豬豬先生、魯豬豬先生，還有索倫多．隆先生的幫助，我內心也始終充滿感激。

對了，索倫多．隆救了我們，我們卻沒有向他道謝，就離開村子了。
咦？等等，不對呵，那個傢伙可是搶走了本大爺所找到的寶藏呢。那這樣應該算扯平了。
那個索倫多．隆，在這次的高空戰鬥中，與佐羅力大師合力接住掉落巧克力的那一刻，真的好有默契啊。我很難想像，他們是毫無關係的陌生人耶。
其實那不是被甩啦。因為我還沒告白，更沒求婚，所以哪能叫做被甩呢？這個道理大家都明白吧？

●作者簡介

原裕 Yutaka Hara

一九五三年出生於日本熊本縣，一九七四年獲得KFS創作比賽「講談社兒童圖書獎」，主要作品有《小小的森林》、《手套火箭的宇宙探險》、《寶貝木屐》、《小噗出門買東西》、《我也能變得和爸爸一樣嗎？》、【輕飄飄的巧克力島】系列、【膽小的鬼怪】系列、【菠菜人】系列、【怪傑佐羅力】系列、【鬼怪尤太】系列、【魔法的禮物】系列等。

●譯者簡介

周姚萍

兒童文學創作者、譯者。著有《我的名字叫希望》、《山城之夏》、《妖精老屋》、《魔法豬鼻子》等作品。譯有《大頭妹》、《四個第一次》、《班上養了一頭牛》、《那記憶中如神話般的時光》等書籍。曾獲「文化部金鼎獎優良圖書推薦獎」、「聯合報讀書人最佳童書獎」、「幼獅青少年文學獎」、「國立編譯館優良漫畫編寫」、「九歌年度童話獎」、「好書大家讀年度好書」、「小綠芽獎」等獎項。

國家圖書館出版品預行編目資料

怪傑佐羅力之大、大、大、大冒險（下集）
原裕 文、圖；周姚萍 譯 --
第一版. -- 台北市：親子天下, 2017.03
104 面 ;14.9x21公分. --（怪傑佐羅力系列；45）
譯自：かいけつゾロリのだ・だ・だ・だいぼうけん！後編

ISBN 978-986-94215-8-4（精裝）

861.59 105025427

怪傑佐羅力系列 45

怪傑佐羅力之大、大、大、大冒險！下集

作者｜原裕（Yutaka Hara）
譯者｜周姚萍
責任編輯｜陳毓書、余佩雯
美術設計｜蕭雅慧
行銷企劃｜陳詩茵
發行人｜殷允芃
創辦人兼執行長｜何琦瑜
副總經理｜林彥傑
總監｜黃雅妮
版權專員｜何晨瑋、黃微真
出版者｜親子天下股份有限公司
地址｜台北市 104 建國北路一段 96 號 4 樓
電話｜(02) 2509-2800
傳真｜(02) 2509-2462
網址｜www.parenting.com.tw
讀者服務專線｜(02) 2662-0332
週一～週五：09:00~17:30
讀者服務傳真｜(02) 2662-6048
客服信箱｜bill@cw.com.tw

法律顧問｜台英國際商務法律事務所・羅明通律師
製版印刷｜中原造像股份有限公司
總經銷｜大和圖書有限公司
電話｜(02) 8990-2588
出版日期｜2017 年 3 月第一版第一次印行
2021 年 7 月第一版第十七次印行
定價｜300 元
書號｜BKKCH013P
ISBN｜978-986-94215-8-4（精裝）

訂購服務
親子天下 Shopping｜shopping.parenting.com.tw
海外・大量訂購｜parenting@cw.com.tw
書香花園｜台北市建國北路二段 6 巷 11 號
電話｜(02) 2506-1635
劃撥帳號｜50331356 親子天下股份有限公司

啊——魯豬豬，你身上怎麼會也出現一條條的紋路？
咦？
怎麼會這樣，我竟然會在現在才得條紋病。
你該不會是因為在沙漠裡，喝了妖怪學校老師手上的那個「返老還童水」吧？
這麼一說，我好像覺得身體也開始有點發燙了耶，佐羅力大師。
什麼！所以，你是真的病了！那本大爺得馬上趕回村子裡去拿藥來。
魯豬豬，佐羅力大師回來前，你先脫掉背心，躺在涼爽的樹蔭下休息，這樣會比較好一點喔。